U0675431

“一带一路”沿线国家经典诗歌文库

（第一辑）

主编　赵振江

副主编　蒋朗朗　宁琦　张陵　黄怒波

罗马尼亚诗选

上册

高兴　编译

作家出版社

编译者高兴

高兴

诗人、翻译家。一九六三年四月出生于江苏省吴江县。曾任《世界文学》主编，美国印第安纳大学访问学者，中国驻康斯坦察总领馆领事。现为浙江越秀外国语学院首席专家，博士生导师，国务院特殊津贴专家，中国作家协会全委会委员，中国作家协会诗歌委员会委员，中国外国文学学会理事，广西河池学院驻校作家。担任过鲁迅文学奖、袁可嘉诗歌奖、紫金山文学奖、梁宗岱翻译奖、吴承恩长篇小说奖、花城文学奖等文学奖评委。参与青海湖国际诗歌节、泸州诗酒文化艺术周等文化艺术活动的组织工作。

业余时间，主要从事文学创作、文学研究和文学翻译。出版过《米兰·昆德拉传》《布拉格，那蓝雨中的石子路》《东欧文学大花园》《孤独与孤独的拥抱》《孤独者走进梦幻共和国》《水的形状：高兴抒情诗选》等专著、随笔集和诗集；主编过《诗歌中的诗歌》、《小说中的小说》、《伊凡·克里玛作品》（五卷）、《献给女性的诗》（三卷）、《水怎样开始演奏》、《二十世纪外国短篇小说编年·美国卷》、《了不起的散文们》等外国文学图书。二〇一二年起，开始主编花城出版社“蓝色东欧”系列丛书。二〇一八年起，开始主编漓江出版社“双子座文丛”。主要译著有《文森特·凡高》《我的初恋》《梦幻宫殿》《托马斯·温茨洛瓦诗选》《罗马尼亚当代抒情诗选》《十亿个流浪汉，或者虚无：托马斯·萨拉蒙诗选》《水的空白：索雷斯库诗选》《深处的镜子：卢齐安·布拉加诗选》《斯特内斯库诗选》《风吹来星星：安娜·布兰迪亚娜诗选》等。二〇一六年出版诗歌和译诗合集《忧伤的恋歌》。曾获得中国桂冠诗歌翻译奖、蔡文姬文学奖、西部文学奖、单向街书店文学奖、人和期刊人奖、越南人民友谊勋章、捷克杨·马萨里克银质奖章、中国翻译协会“资深翻译家”称号等奖项、奖章和荣誉。

目　录

总 序

二〇一三年秋，习近平主席先后提出建设“丝绸之路经济带”和“二十一世纪海上丝绸之路”（简称“一带一路”）的倡议。“一带一路”一经提出，便在国外引起强烈反响，受到沿线绝大多数国家的热烈欢迎。如今，它已经成了我们在政治、经济和文化生活中最具活力的词语。“一带一路”早已不是单纯的地理和经贸概念，而是沿线各国人民继往开来、求同存异、构建人类命运共同体的幸福路、光明路。正如一首题为《路的呼唤》[1]的歌中所唱的：

……
有一条路在呼唤
带着心穿越万水千山
千丝万缕一脉相传
就注定了你我相见的今天
这一条路在呼唤
每颗心都是远洋的船
梦早已把船舱装满
爱是我们共同的家园
……

习主席关于构建人类“政治互信、经济融合、文化包容的利益共同体、命运共同体和责任共同体”的主张是人心所向，众望所归。联合国将“构

1 《路的呼唤》：中央电视台特别节目《一带一路》主题曲，梁芒作词，孟文豪谱曲，韩磊演唱。

建人类命运共同体”写入大会决议，来自一百三十多个国家的约一千五百名贵宾出席二〇一七年五月十四日在北京举行的“一带一路”国际合作高峰论坛，就是最有力的证明。

在国与国之间，政治互信、经济融合、文化包容的基础在民心，而民心相通的前提是相互了解和信任。正是出于这样的理念，我们决定编选、翻译和出版这套“‘一带一路’沿线国家经典诗歌文库”，因为诗歌是“言志”和“抒情”最直接、最生动、最具活力的文学形式，诗歌最能反映大众心理、时代气息和社会风貌。“‘一带一路’沿线国家经典诗歌文库”是加强沿线各国人民之间相互了解和信任的桥梁。

“‘一带一路’沿线国家经典诗歌文库”的创意最初是由作家出版社前总编辑张陵和中国诗歌学会会长骆英在北京大学诗歌研究院院会提出的。他们的创意立即得到了谢冕院长和该院研究员们的一致赞同。但令人遗憾的是，在本校的研究员中只有在下一人是外语系（西班牙语）出身，因此，他们就不约而同地把这套书的主编安在了我的头上。殊不知在传统的“一带一路”沿线国家中，没有一个是讲西班牙语的。可人家说：“一带一路”是开放的，当年“海上丝绸之路”到了菲律宾，大帆船贸易不就是通过马尼拉到了墨西哥吗？再说，巴西、智利、阿根廷三国的总统不是都来参加“一带一路”国际合作高峰论坛了吗？怎么能说“一带一路”和西班牙语国家没关系呢？我无言以对。

古丝绸之路是指张骞（前一六四年至前一一四年）出使西域时开辟的东起长安，经中亚、西亚诸国，西到罗马的通商之路。二〇一三年九月七日，习近平主席在哈萨克斯坦纳扎尔巴耶夫大学演讲时，提出共建“丝绸之路经济带”的主张，赋予了这条通衢古道以全新的含义，使欧亚各国的经济联系更加紧密、相互合作更加深入、发展空间更加广阔，从而造福沿途各国人民。至于古老的“海上丝绸之路”，自秦汉时期开通以来，一直是沟通东西方经济和文化交流的重要渠道，尤其是东南亚地区，自古就是“海上丝绸之路”的重要枢纽。习主席建设“二十一世纪海上丝绸之路”的构想使其在新的历史起点上，有了更加重要而又深远的意义。

“一带一路”沿线国家主要包括西亚十八国（伊朗、伊拉克、格鲁吉亚、亚美尼亚、阿塞拜疆、土耳其、叙利亚、约旦、以色列、巴勒斯坦、沙特阿拉伯、巴林、卡塔尔、也门、阿曼、阿拉伯联合酋长国、科威特、黎巴嫩），中亚五国（哈萨克斯坦、土库曼斯坦、吉尔吉斯斯坦、乌兹别克斯坦、塔吉克斯坦），南亚八国（尼泊尔、不丹、印度、巴基斯坦、孟加拉国、斯里兰卡、马尔代夫、阿富汗），东南亚十一国（印度尼西亚、马来西亚、菲律宾、新加坡、泰国、文莱、越南、老挝、缅甸、柬埔寨、东帝汶），中东欧十六国（阿尔巴尼亚、波斯尼亚和黑塞哥维那、保加利亚、克罗地亚、捷克、爱沙尼亚、匈牙利、拉脱维亚、立陶宛、马其顿、黑山、罗马尼亚、波兰、塞尔维亚、斯洛伐克、斯洛文尼亚）。独联体四国（俄罗斯、白俄罗斯、乌克兰、摩尔多瓦），再加上蒙古和埃及等。

从上述名单中不难看出，“一带一路”沿线国家多为文明古国，在历史上创造了形态不同、风格各异的灿烂文化，是人类文明宝库重要的组成部分。诗歌是文学的桂冠，是文学之魂。文明古国大都有其丰厚的诗歌资源，尤其是经典诗歌，凝聚着国家和民族的精神和理想。各国之间的文化交流与经贸往来，既相互交融又相互促进，可以深化区域合作，实现共同发展，使优秀文化共享成为相关国家互利共赢的有力支撑，从而为实现习主席构建人类命运共同体的伟大目标打下坚实的文化基础。

“一带一路”沿线国家多是发展中国家。长期以来，我们一直比较重视对欧美发达国家诗歌的译介，在“经济一体、文化多元”的今天，正好利用这难得的契机，将这些“被边缘化”国家的传统文化和民族精神纳入“一带一路”的建设，充分发掘它们深厚的文化底蕴，让它们的古老文明在当代世界发挥积极作用，使“文库”成为具有亲和力和感召力的文化桥梁。

“一带一路”沿线国家又多是中小国家。它们的语言多是非通用的“小语种”，我国在这方面的人才储备相对稀缺，学科建设相对薄弱；长期以来，对这些国家的文学作品缺乏系统性的译介和研究。从这个意义上说，“文库”的出版具有填补空白的性质，不仅能使我们了解这些国家的诗歌，也使相关的学科建设和学术研究有了新的生长点。

“‘一带一路’沿线国家经典诗歌文库”的现实意义和深远影响已经很清楚了，但同样清楚的是其编选和翻译的难度。其难点有三：一是规模庞大，每个国家一卷，也要六十多卷，有的国家，如俄罗斯、印度，还不止一卷；二是情况不明，对其中某些国家的诗歌不是一无所知也是知之甚少，国内几乎从未译介过，如尼泊尔、文莱、斯里兰卡等国；三是语言繁多，有些只能借助英语或其他通用语言。然而困难再多，编委会也不能降低标准：一是尽可能从原文直接翻译，二是力争完整地呈现一个国家或地区整体的诗歌面貌。

总之，“文库”的规模是宏大的，任务是艰巨的，标准是严格的。如何完成？有信心吗？答案是肯定的。信心从何而来呢？我们有译者队伍和编辑力量做保证。

“‘一带一路’沿线国家经典诗歌文库”的编译出版由北京大学外国语学院和作家出版社联袂承担，可谓珠联璧合，阵容强大。

北京大学外国语学院是国内外国语言文学界人才荟萃之地，文学翻译和研究的传统源远流长。北大外院的前身可以追溯到京师同文馆（一八六二年）和京师大学堂（一八九八年）。一九一九年北京大学废门改系，在十三个系中，外国文学系有三个，即英国文学系、法国文学系、德国文学系。一九二〇年，俄国文学系成立。一九二四年，北京大学又设东方文学系（其实只有日文专业）。新中国成立后，东语系发展迅速，教师和学生人数都有大幅度增长。一九四九年六月，南京东方语言专科学校和中央大学边政学系的教师并入东语系。到一九五二年京津高校院系调整前，东语系已有十二个招生语种、五十名教师、大约五百名在校学生，成为北大最大的系。

一九五二年院系调整时，重新组建西方语言文学系、俄罗斯语言文学系和东方语言文学系。其中西方语言文学系包括英、德、法三个语种，共有教师九十五人，分别来自北大、清华、燕大、辅仁、师大等高校（一九六〇年又增设西班牙语专业）；俄罗斯语言文学系共有教师二十二人，分别来自北大、清华、燕大等高校；东方语言文学系则将原有的西藏语、维吾尔语、西南少数民族语文调整到中央民族学院，保留蒙古、朝鲜、日、越南、暹罗、印尼、缅甸、印地、阿拉伯等语言，共有教师四十二人。

北京大学外国语学院于一九九九年六月由英语系、西语系、俄语系和东语系组建而成，下设十五个系所，包括英语、俄语、法语、德语、西班牙语、葡萄牙语、日语、阿拉伯语、蒙古语、朝鲜语、越南语、泰国语、缅甸语、印尼语、菲律宾语、印地语、梵巴语、乌尔都语、波斯语、希伯来语等二十个招生语种。除招生语种外，学院还拥有近四十种用于教学和研究的语言资源，如意大利语、马来语、孟加拉语、土耳其语、豪萨语、斯瓦希里语、伊博语、阿姆哈拉语、乌克兰语、亚美尼亚语、格鲁吉亚语、阿塞拜疆语等现代语言，拉丁语、阿卡德语、阿拉米语、古冰岛语、古叙利亚语、圣经希伯来语、中古波斯语（巴列维语）、苏美尔语、赫梯语、吐火罗语、于阗语、古俄语等古代语言，藏语、蒙语、满语等少数民族及跨境语言。学院设有一个一级学科博士点、十个二级学科博士点和一个博士后流动站，为北京市唯一外国语言文学重点一级学科。学院师资力量雄厚：全院共有教师二百一十二名，其中教授六十名、副教授八十九名、助理教授十六名、讲师四十七名，拥有博士学位的教师一百六十三人，占教师总数的百分之七十七。

从以上的介绍不难看出，北京大学外国语学院的语言教学和科研涵盖了“一带一路”的大部分国家，拥有一批卓有成就的资深翻译家和崭露头角的青年才俊，能胜任“文库”的大部分翻译工作。至于一些北大没有的“小语种”国家，如某些中东欧国家，我们邀请了高兴（罗马尼亚语）、陈九瑛（保加利亚语）、林洪亮（波兰语）、冯植生（匈牙利语）、郑恩波（阿尔巴尼亚语）等多名社科院外文所和兄弟院校的专家承担了相应的翻译工作，在此谨对他们表示诚挚的敬意和衷心的感谢。

有好的翻译，还要有好的编辑。承担“‘一带一路’沿线国家经典诗歌文库”编辑出版任务的作家出版社是国家级大型文学出版社，建社六十多年来出版了大量高品质的文学作品，积累了宝贵的资源和丰富的经验。尤其要指出的是，社领导对“文库”高度重视，总编辑黄宾堂、前总编辑张陵、资深编审张懿翎自始至终亲自参与了所有关于“文库”的工作会议，和北大诗歌研究院、北大外国语学院的领导一起，精心策划，全力以赴，保证了“文库”顺利面世。

最后还要说明的是，“‘一带一路’沿线国家经典诗歌文库”得到了北大校领导的大力支持。“文库”第一批图书的出版恰逢北京大学建校一百二十周年（一八九八年至二〇一八年），编委会提出将这套图书作为对校庆的献礼。校领导欣然接受了编委会的建议，并在各方面给予了大力支持，校党委宣传部部长蒋朗朗同志从始至终参与了“文库”的策划和领导工作。至于北京大学外国语学院的领导更是责无旁贷地承担了全部翻译工作的设计、组织和落实。没有他们无私忘我、认真负责的担当，完成这样艰巨的任务是不可能的。

“‘一带一路’沿线国家经典诗歌文库”第一批诗作即将出版，这只是第一步，更艰巨的工作还在后头；更何况随着时间的推移，“一带一路”的外延会进一步扩展，“文库”的工作量和难度也会越来越大。但无论如何，有了这样的积累，我们完全有理由相信，“‘一带一路’沿线国家经典诗歌文库”会越来越好。为了实现这样的目标，我们期待着领导、业内同仁和广大读者的批评指教。

赵振江

二〇一七年秋

于北京大学蓝旗营寓所

前言：诗歌之路，在夹缝中开拓并延伸

罗马尼亚，巴尔干半岛的一个异类。其族群实际上是达契亚人与罗马殖民者后裔混合而成的一个民族，属于拉丁民族。在历史上，现在的罗马尼亚国土长期被分为罗马尼亚、摩尔多瓦和特兰西瓦尼亚三个公国。这三个公国既各自独立，又始终保持政治、经济和文化等各方面的密切联系。

罗马尼亚民族是在艰难险恶的历史条件下形成并发展的。这又直接影响到了罗马尼亚文学的形成和发展。研究表明，第一批用罗马尼亚语书写的文本直到十五世纪末、十六世纪初才出现。在很长一段时间内，民间文学成为罗马尼亚人民丰富生活、表达情感的一种特殊的艺术形式。多依娜，一种可以吟唱的诗歌，无疑是罗马尼亚民间文学中流传最广、影响最深、表现力最强的艺术形式。一个罗马尼亚人从摇篮到坟墓的整个人生旅程中所经历的所有事情、所产生的所有情感都在多依娜中反映了出来。根据不同题材，多依娜可以分为爱情多依娜、牧羊人多依娜、命运多依娜、自然多依娜、士兵多依娜、绿林好汉多依娜等等，可谓包罗万象、无所不有。有评论者称赞多依娜是罗马尼亚人心灵的一部浓缩的历史。多依娜完全可以算作罗马尼亚诗歌的源头。

十八世纪末，罗马尼亚文化生活中发生了一件意义深远的大事，那就是阿尔迪亚尔学派的兴起。这是场思想文化运动，具有启蒙主义色彩，由罗马尼亚西北部特兰西瓦尼亚（别称阿尔迪亚尔）地区的一些知识分子发起。他们大多是从国外留学归来的学者和作家，唤醒民众的民族意识成为阿尔迪亚尔学派成员义不容辞的使命。他们探讨罗马尼亚民族和语言的拉丁起源、同一性和连续性等问题，兴办教育，传播人文主义思想，普及科学知识，翻译外国著作，开展各类学科讨论，并著书立说以阐述自己的思想、探寻罗马尼亚民族起源、记录罗马尼亚历史。阿尔迪亚尔学派的影响遍及罗马尼亚各个地区，有力推动了罗马尼亚文化的发展。对于罗马尼亚文化而言，阿尔迪亚尔学派就如同“狂飙突进运动”之于德国文化，“百科全书派”之于法国文化，“启蒙运动”之于英国文化。

十九世纪起，借助于几次有利的发展机遇，罗马尼亚文学空间得到拓展，阿莱克山德里、爱明内斯库、马切东斯基、科什布克等一批才华横溢、风格迥异的诗人先后登上文坛，预示着罗马尼亚诗歌发展的无限可能。

瓦西里·阿莱克山德里是位开拓性诗人，被爱明内斯库称为“诗歌之王”。他创办的《罗马尼亚文学报》影响颇大。他还历经千辛万苦收集整理了两卷本《罗马尼亚民间诗歌》。这是罗马尼亚第一部民间诗歌汇编，在文学界引起了很大反响。在创作上，他巧妙地将罗马尼亚民间诗歌同西方浪漫主义诗歌结合在一起，为罗马尼亚诗歌发展提供了有效的方案。

爱明内斯库的诗歌创作则意味着罗马尼亚诗歌第一座高峰。他少年时便开始发表诗作，熟读罗马尼亚文学，又曾到奥地利和德国等国深造，学养深厚，视野开阔，在短促、不幸的一生中，凭着罕见的天才，创作了大量文学作品，其中绝大多数是诗歌。一八八三年，爱明内斯库发表了哲理长诗《金星》，使他的诗歌创作达到了辉煌的顶峰。诗人从民间传说中汲取灵感，富有创造性地把天空中的金星拟人化。这首充满浪漫主义气息的长诗包含着深刻的寓意。爱明内斯库的才华表现在他能从自身的经历及社会现实中发掘出永恒的主题，并用艺术语言和手法出色地表达出来。一位罗马尼亚诗人评论说：“这首长诗是这位伟大的罗马尼亚诗人成熟而又完善的天才作品，也是他所创造出的最优秀的作品。这是一座冠盖了巨大建筑的辉煌的拱顶。”正因如此，爱明内斯库在罗马尼亚文学史上享有“诗歌金星”的美称。

一九一八年，罗马尼亚实现统一，进入现代发展时期。统一给国家的发展注入了异常高的活力。文化最能体现这种活力。或者更确切地说，文化本身就是一种活力。两次世界大战之间，罗马尼亚文化，包括哲学、文学和艺术，曾出现过空前的繁荣。诗歌领域就曾涌现出图道尔·阿尔盖齐、乔治·巴科维亚、扬·巴尔布和卢齐安·布拉加等杰出的诗人。他们以不同的诗歌追求和诗歌风格极大地丰富了罗马尼亚诗歌，共同奠定了罗马尼亚抒情诗的传统。

在这些诗人中，对罗马尼亚当代诗歌起到承上启下作用的是卢齐安·布拉加。他的诗作以深刻的哲理和奇特的意象探索了人与自然、短暂的生命同永恒的宇宙、渺小的躯体同博大的灵魂之间的关系。罗马尼亚评论界这样评价布拉加："继爱明内斯库之后，罗马尼亚诗歌在揭示大自然和宇宙奥秘方面之所以能获得如此深度和广度，卢齐安·布拉加的贡献是任何两次大战期间的诗人都难以比拟的。"罗马尼亚一些诗人和评论家甚至认为，这位集诗人、剧作家、哲学家、散文家和外交家于一身的杰出人物是二十世纪罗马尼亚诗歌的第一座高峰。布拉加坚信，万物均有意味，宇宙充满了神秘。哲学的任务是一步步揭开世界神秘的面纱，而诗歌的使命则是不断地扩大神秘的范围。布拉加还是罗马尼亚最早成功地打破诗歌束缚的诗人。他的诗不拘泥于格律，更注重神秘的意境和诗歌本身的内在节奏。他的诗歌创作和主张带动了一大批罗马尼亚诗人的创作，几乎所有罗马尼亚当代诗人都或多或少受到过他的影响。因此，完全可以将布拉加当作罗马尼亚当代诗歌的奠基者。

一九四七年，罗马尼亚开始走上社会主义发展道路。有段时间，实施极"左"路线。极"左"路线在五十年代达到登峰造极的地步，给整个国家带来了灾难。文学自然也无法幸免。文学评论家阿莱克斯·斯特凡内斯库在其专著《罗马尼亚当代文学史：1941—2000 年》中形象地说道："文学仿佛遭受了一场用斧头做的外科手术。"布拉加等诗人建立的罗马尼亚抒情诗传统遭到否定和破坏，罗马尼亚诗歌因而出现了严重的断层。不少作家和诗人只能被迫中断创作，有些还遭到监禁，甚至付出生命的代价。

进入六十年代，罗马尼亚文化生活开始出现相对宽松、活泼和自由的可喜景象。这一时期被史学家公认为罗马尼亚的政治解冻期，时间上大致同"布拉格之春"吻合，也不排除受到了"布拉格之春"的影响。因此，也有罗马尼亚评论家称之为"布加勒斯特之春"。这一时期，布拉加等作家的作品被解除了禁戒。人们重又读到了两次大战之间许多重要诗人和作家的作品。这一时期，斯特内斯库、索雷斯库、杜伊纳西、斯托伊卡等诗人先后登场，为罗马尼亚诗坛吹来清新之风。这一时期，文学翻译在文学发展中起到了不可估量的推动作用。人们可以读到乔伊斯、普鲁斯特、福克纳、卡夫卡等几乎所有西方大家的作品。这一时期，作家们在艺术的神圣光环下，享受着特别的待遇，被人们恭敬地称为"不朽者"。

尼基塔·斯特内斯库成为这一时期罗马尼亚诗歌的领军人物。他曾在《罗马尼亚文学报》担任诗歌编辑，结识了一批富有创新精神的年轻诗人，从而形成了一个具有先锋派色彩的文学群体。他们要求继承第二次世界大战前罗马尼亚抒情诗的优秀传统，主张让罗马尼亚诗歌与世界诗歌同步发展。在他们的诗歌中，自我、内心、情感、自由重新得到尊重，真正意义上的人重新站立了起来。斯特内斯库首先强调诗歌中的情感因素。他说：“并非词语，而是情感，成就诗歌。”在强调情感因素的同时，他也丝毫没有忽略诗歌的艺术性。他非常注重意境的提炼，极力倡导诗人用视觉来想象。在他的笔下，科学概念、哲学思想，甚至连枯燥的数字都能插上有形的翅膀，在想象的天空中任意舞动。在斯特内斯库等诗人的努力下，罗马尼亚诗歌终于突破了教条主义的束缚，进入了被评论界称为“抒情诗爆炸”的发展阶段。斯特内斯库便是诗歌革新运动的主将。

可惜，始于六十年代的开明时期没有一直延续下去。进入七十年代，当局逐步加强文化和思想控制，粗暴干涉和限制创作自由，试图将文学当作御用工具。罗马尼亚陷入专制统治。文化再次面临严峻的时刻。正是在这样的形势下，罗马尼亚文学，包括诗歌，步入了八十年代。

俄罗斯诗人布罗茨基在评论立陶宛诗人温茨洛瓦时，说过这样一段话：“艺术是抗拒不完美现实的一种方式，亦为创造替代现实的一种尝试，这种替代现实拥有各种即便不能被完全理解，亦能被充分想象的完美征兆。”这段话特别适用于罗马尼亚诗人和罗马尼亚诗歌。几乎从一开始，罗马尼亚诗人就常常在夹缝中生存。夹缝中的生存需要勇气、坚韧和忍耐，更需要一种有效而智慧的表达。诗歌以其婉转、隐秘、浓缩和内在，成为最好的选择。再说，经过了难得而关键的六十年代，在斯特内斯库等诗人的带动下，罗马尼亚诗歌已然成为一股成熟而又难以被阻挡的力量，在社会和文化生活中，发挥着自己隐秘却不可忽视的作用。

于是，我们便可理解，为何在严酷的八十年代，在小说、戏剧、散文受到压抑，相对难以发展的情形下，诗歌却一直如暗流般奔突着。有一些作家，包括诗人，以沉默代替言说。也有一些诗人选择了流亡和出走。但更有一些诗人，立足于主流之外，不求名利，不畏专制，只遵从内心的呼唤。他们重视诗歌形式，重视角度和手法，重视语言的种种可能性，把艺术价值放在首位，同时也并不忽略社会效应、道德力量，以及同现实的连接。尽管诗歌抱负相似，但他们各自的写作又呈现出了强烈的个性色彩。在他们的作品中，我们也听出了各种语调，感到了各种气息，看到了各种风格。反讽，神秘，幽默，表现主义，超现实主义，文本主义，沉重，愤怒，寓言体，哀歌，等等，正是这些写作上的差异和不同，让他们发出了自己的声音。而不同的声音的交融，便让八十年代罗马尼亚诗歌有了交响乐般的丰厚，以及马赛克似的绚丽多彩。

如果说斯特内斯库努力在诗歌中发掘自我、表达自我的话，那么，马林·索雷斯库采取了一种更加轻盈和巧妙的手法：戏仿和反讽。中国读者早在二十世纪八十年代就通过《世界文学》等刊物读到了索雷斯库的诗歌。许多中国读者，包括不少中国诗人，都对索雷斯库的诗歌表现出了特别的兴趣和喜爱。关于索雷斯库，诗人车前子在《二十世纪，我的字母表》中写道："很偶然的机会，我读到罗马尼亚诗人索雷斯库的诗作，感动之余，我觉得该做点什么：必须绕开他。诗歌写作对于二十世纪末的诗歌写作者而言，差不多已是一种绕道而行的行为。"绕开他，实际上是一位诗人对另一位诗人最大的认可和敬意。

索雷斯库善于在表面上看起来漫不经心的叙述中突然挖掘出一个深刻的哲理。他自己也认为"诗歌的功能首先在于认识。诗必须与哲学联姻。诗人倘若不是思想家，那就一无是处"。自由的形式，朴素的语言，看似极为简单的叙述，甚至有点不拘一格，然而他会在不知不觉中引出一个象征，说出一个道理。表面上的通俗简单时常隐藏着对重大主题的严峻思考；表面上的漫不经心时常包含着内心的种种微妙情感。在他的笔下，任何极其平凡的事物，任何与传统诗歌毫不相干的东西都能构成诗的形象，都能成为诗的话题，因为他认为："诗意并非物品的属性，而是人们在特定的场合中观察事物时内心情感的流露。"兴许，正因了所有这些，索雷斯库成了"二次世界大战后罗马尼亚最引人注目的诗人之一"。有评论家称他"为实现罗马尼亚诗歌的现代化作出了重要贡献"。

谈到罗马尼亚当代女诗人，人们首先就会想到安娜·布兰迪亚娜。布兰迪亚娜一九六四年出版第一本诗集《复数第一人称》，从此一直活跃于罗马尼亚诗坛。她在诗歌中选择的都是些永恒的主题，比如爱情、纯洁、堕落、生与死、人生与自然、时间的流逝、孤独等等。这都是些十分古老的主题了，因而更需要诗人具备非凡的艺术敏感以及独特的思想角度。布兰迪亚娜认为能够用最简单的意象来表达最细致的情感、最深刻的思想的诗人才是大诗人。她也一直朝这一方向努力。在她的诗歌中，我们看到的都是些最为普通的词汇：眼睛，树林，梦，睡眠，湖泊，山丘，雪，天空，光，等等。但在她的艺术组合下，这些文字立即产生了一种神奇的魅力，一种诗歌和思想的魅力。“我开始梦想着写出简朴的、椭圆形的诗，这些诗应该具有儿童画作那样的魅力。在这些画作面前，你永远无法确定图像是否恰恰就等于本质。”女诗人这么说。

罗马尼亚科学院院长、著名文学评论家欧金·西蒙认为：“布兰迪亚娜的诗歌既有力量，又有魅力，首先是思想的魅力。它在舞蹈，在寻找着那些悦耳、透明的物质，并用这些物质进行着一场卓越的精神游戏。”而诗人、评论家阿莱克山德鲁·菲利毕德说得更为明白：“诗可以设谜，可以提问，但通常情形下，并不解谜，并不回答问题。神秘，惊喜，出乎预料，这些都有助于制造诗的战果。正是基于这样的思路，安娜·布兰迪亚娜一般拒绝象征，任由事物在诗歌中自然地流动，有时会神秘地将它们隐藏起来，但绝不强迫它们说明什么，绝不人为地美化它们，完全靠美妙的思想将这些最最普通、最最自然的事物提升到诗的高度和深度。”

然而，有必要指出的是，毕竟处于欧洲文学的包围之中，毕竟有过六十年代的敞开和储备，即使在特殊时代，罗马尼亚的文学生态也并不像如今某些西方人士所描述的那么糟糕、恶劣，并没有出现过万马齐喑的极端局面。用罗马尼亚小说家格奥尔杰·克勒齐恩的话说，“那时，虽然压抑，但还可以忍受”。文学，我们说的是真正意义上的文学，始终在那片国度拥有着属于自己的空间，发挥着自己独特的作用。优秀的作品和优秀的作家一直在不断地出现。

一九八九年，罗马尼亚发生剧变。政权更迭后，罗马尼亚开始朝市场经济转变，试图逐步确立和培植民主机制。制度和社会的重大变革必然会深刻影响文化和文学的发展。过渡时期，罗马尼亚文化出现了几种值得注意的倾向：一、文化向市场经济过渡，许多私人报刊、私人出版社、私立大学以及各式各样的文学协会出现，政府不再给文化领域大量拨款。二、两次世界大战期间的罗马尼亚的一些文化价值此时重新流行。三、罗马尼亚文化与整个欧洲文化乃至世界文化广泛对话。

当下，罗马尼亚诗歌领域出现了三种不同年龄、不同流派的作家并存的多元局面：以安娜·布兰迪亚娜为代表的“六十年代诗人”；以米尔恰·格尔特雷斯库为代表的“八十年代诗人”；以及刚刚在文坛崭露头角的“二〇〇〇年代诗人”。“八十年代诗人”显然已成为目前罗马尼亚诗坛的中坚力量。其中，米尔恰·格尔特雷斯库最具影响力和代表性。罗马尼亚文学评论界认为“他是尼基塔·斯特内斯库以来诗歌语言最现代化的诗人，词语想象力异常丰富，无穷无尽”。他本人表示：“我在日常生活中的所思和所感构成了我诗歌的基本内容，这比形式要重要得多。”他希望自己的诗歌新颖、质朴、开放，富有感染力，没有任何面具。诗歌外，他在小说领域同样令人注目，已成为罗马尼亚最具国际影响力的小说家。

全球化和商业化同样冲击着罗马尼亚文化。在资本横行的时代，诱惑和困惑，机遇和挑战，几乎同时存在着。如何保护自己的特色和个性，如何体现文化的丰富性和多样性，如何为陷入困境的民族文化注入新的活力，是许多罗马尼亚诗人正在思考的严峻问题。

《罗马尼亚诗选》共收录三十六位罗马尼亚代表性诗人的近四百首诗作，从现代到当代，大多是短诗，也有部分组诗，选材时注重思想性和艺术性的有机融合，充分考虑到了各种流派和不同风格，还留意发掘了一些被忽略的诗人，基本上呈现出了罗马尼亚诗歌的发展脉络。这应该是国内第一部努力呈现罗马尼亚诗歌整体面貌的诗选。

诗歌是能为一个国家、一个民族增添魅力的。它本身就是一个国家、一个民族魅力的一部分。对于一个相对弱小的民族和国家，诗歌究竟意味着什么？也许，这部诗选能为读者朋友提供某种答案。

高　兴

二〇二四年一月二十七日于北京

瓦西里·阿莱克山德里

（一八二一年至一八九〇年）

罗马尼亚著名诗人和爱国者。出生于巴格乌市一个开明官僚的家庭。童年在秀美如画的乡间度过。从小就迷恋民间诗歌和神话故事。先后在国内外接受过良好教育。在巴黎攻读医学和法学时，他几乎放弃了专业学习而把兴趣转移到了文学阅读和创作上。回国后，以极大的热情投入到文学事业中，很快便成为当时著名的作家之一。当一八四八年资产阶级民主革命的浪潮席卷罗马尼亚大地时，阿莱克山德里以诗人的敏感意识到这场革命的积极意义，义无反顾地投身于革命的洪流之中。革命失败后，他被迫流亡国外。重新踏上祖国大地后，他又为了祖国的统一而奋斗。这一时期的创作带有明显的战斗性。

一八五五年，阿莱克山德里创办了影响颇大的《罗马尼亚文学报》。与此同时，他翻山越岭，历经千辛万苦收集整理的两卷本《罗马尼亚民间诗歌》问世。这是罗马尼亚第一部民间诗歌汇编，在文学界引起了很大反响。一八五三年，他的第一部诗集《多依娜和铃兰》出版。一八六〇年至一八八〇年，诗人的创作达到了一个高峰，《田园诗》《传奇》《我们的战士》等诗集一次又一次震动了诗坛，罗马尼亚评论界索性将这一时期称为“阿莱克山德里时期”。

阿莱克山德里巧妙地将罗马尼亚民间诗歌同西方浪漫主义诗歌结合在一起，为罗马尼亚的诗歌发展开辟了广阔的道路。在其代表诗集《多依娜和铃兰》及《田园诗》中，他用自然、明快又不乏浪漫气息的语言描写乡村生活，讴歌纯洁的情感，再现美丽的自然风光。

星　星

在我和你之间，
唯有星星和光芒。

它们从我眼中飞出，
悬挂在高高的天宇。

犹如黎明时分，
晶莹的露珠悬挂在花间。

为了祖国的命运，
我曾流下过许多滴眼泪。

许多饱含忧伤的眼泪，
许多甜蜜幸福的眼泪。

哦！其实我只流下过两滴，
两滴都是夜空中的金星。

铃　兰

数不尽的花朵在世上闪现，
数不尽的花朵散发着芬芳。
可是你们，小小铃兰，
有着甜甜的香味，甜甜的名字，
任何花都难以同你们争奇斗艳。

天使们纯洁的灵魂在飞翔中
通过摇曳闪烁的星星
倾吐心中无限的忧伤，那时
你们就是天使的眼泪[1]，
从高高的天空滴落到地面。

你们洁白而又娇嫩，
宛若我生命中的恋人！
你们是珍贵的葡萄，
是纯洁无瑕的珍珠，
春天用你们制成精致的项链。

然而，寒风无情地袭来，
过早地将你们摧残！
残酷的命运正是如此
掠夺对我们微笑的一切……
花儿在枯萎，生命在消逝！

1　罗马尼亚语中，铃兰也有眼泪之意。

可爱的星星

——给 E.N.

你消失在黑色的永恒之中，
可爱的星星，我灵魂的恋人！
当世上唯有你和我的时候，
你曾闪耀着多么灿烂的光芒！

哦，温柔、动人又神秘的光啊！
在永恒中，在星星间，我的思念
寻找着你，在晴朗的夜晚，它常常
从不朽的山顶升起，远远朝你飞来。

浸透泪水的岁月逝去，即将逝去的
还有无数失去你的不幸的时光！
然而我的思念没有平息，我的忧伤
犹如深沉的永恒那样无边无垠！

爱的欢欣啊，诱人的欢欣！
美妙的感觉！壮阔未来的宏伟梦幻！
转眼间，你们就熄灭了，就像流星
在自己身后留下浓重的幽暗。

你们熄灭了！从今往后，
在残忍的迷失中，除了思念你，
世上我已没有更大的安慰，
在坟墓上方微笑的星星啊！

我多么地，多么地爱你，
哦，我灵魂的甜蜜慰藉！
当世上唯有你和我的时候，
你曾给予我无限的幸福！

长着洁白翅膀的魅力天使啊！
你曾在我的生命里闪烁，像金色的梦。
你匆匆消失在天空深处，如芬芳
仅仅留给我们一份可爱的纪念。

一份纪念，一件快乐梦幻的珍宝，
可贵的、炽热的、甜蜜的吻的珍宝，
光明而神圣的岁月的珍宝，
充满欢欣的威尼斯之夜的珍宝。

一份富有诗意的纪念，我生命的花冠，
为我伤感的心带来安慰，注入活力。
当我向你，可爱、温柔的星星致敬时，
我的心同星星的竖琴紧密相连。

你，爱的献礼，在爱的太阳的照耀下
唤醒了我内心诗一般的感觉。
请在另一个世界里收下这些铃兰吧，
它们就像我们甜蜜爱情的甜蜜回响。

太阳，风，寒冷

三位神奇的旅者正在大地上游荡：
耀眼的太阳，可怖的寒冷，还有风。

第一位孕育生命，第二位催生死亡，
第三位在飞翔中用翅膀护佑，给予安慰。

他们遇见一个姑娘，小鹿般活泼可爱，
犹如活力四射的太阳，犹如轻盈柔和的微风。

他们问她："可爱的孩子，如果让你
从我们三位中挑选，你愿做谁的新娘？"

罗马尼亚女孩露出欢快的笑容，回答：
"我敏捷似风，因此情愿做风的新娘！"

"怎么？我，世界之光，你竟然拒绝了我？
待到夏季，我会用炎炎烈火来报复的。"

"怎么？"极端的寒冷说，"你竟然淘汰了我？
待到冬季，我会让你的心冻结成冰的。"

"骄傲的太阳，有凉爽的风一直为我吹拂，
我根本不会在乎你的烈焰。

冰冻的寒冷，隆冬时节，风会为我停止吹拂，
我同样不会害怕你的威胁。"

纪念册题诗

徒然地，切尔纳河奔腾咆哮
冲击着巍峨、古老、坚毅的岩石，
白色的瀑布在它们的胸口跃动……
河水在流逝，石头在坚守！

徒然地，岁月匆匆集聚，又匆匆
告别那些品尝过爱情的心灵！
光辉瞬间的甜蜜纪念
在生命的波浪中如此坚固，永存于世！

笛　子

在绿色的林中空地，我捡到了一支笛子，
随口对它发出感慨：“哦，迷路的笛子，
几多岁月，你跟随着一位笛子大师，
他曾名震四海。不料此刻你却陷于沉默。

诗人同样如此，正值青春年少，生动，
温柔，满怀爱意，唱着甜蜜的歌谣，
可一旦衰老，他便低下头颅，歌声
立即消失，而他也很快被人遗忘。”

笛子听后回应道：“兄弟，亲爱的兄弟，
黄昏降临，忧伤袭上我们的心头，
但我们的命运其实还算令人满意；
我曾演奏过一曲多依娜，这已让我知足。”

米哈伊·爱明内斯库
（一八五〇年至一八八九年）

罗马尼亚最伟大的民族诗人。生于博托夏尼一个小业主家庭。由于家中藏书丰富，他从小就喜欢阅读文学作品，听老人们讲故事曾是他最大的乐趣。他性格中自由奔放的一面在中学期间表现了出来。他实在忍受不了学校里呆板的纪律和单调的生活，曾逃离学校，随一剧团周游全国。十六岁时，爱明内斯库发表了第一首爱情诗《假如我有……》。在经历了六年的流浪生活后，他遵从父亲的意见，前往奥地利深造。他在维也纳攻读了哲学、历史、法学、政治经济学和解剖学。维也纳让他拥有了许多美妙的瞬间。他写过不少诗，反映这段难忘的经历。之后，他又来到柏林继续学习，有机会欣赏到歌德、席勒、海涅等德国作家的杰作。一八七四年，爱明内斯库回到祖国。在文化名城雅西，他先后担任过图书馆馆长、学校督导、杂志编辑等职务。而后，他来到首都布加勒斯特，任《时代报》编辑。一八八三年，诗人不幸患上了精神疾病，从此再没有痊愈。该年年底，他看到了生前唯一出版的一本诗集。

爱明内斯库在短促、不幸的一生中，凭着辉煌的天才，创作了大量文学作品，其中绝大多数是诗歌。他首先是一位爱情的歌手。他写出的《湖》《愿望》《如果……》等优美动人的爱情诗一直被广为传诵。他的爱情诗往往散发着来自宇宙的神秘气息，从而获得了一种形而上的深邃涵义。自然也是诗人反复吟唱的永恒主题。山谷、星星、小溪、湖水、树林是他诗中经常出现的词汇。美丽的自然是诗人灵感的源泉，也是他向往的归宿。融入自然对于诗人而言便意味着进入永恒。爱明内斯库对祖国始终怀有深厚的感情。尤其在异国他乡留学时，随着距离的拉开，这种感情便变得更为浓烈。在《我对你有什么愿望呢，亲爱的罗马尼亚》一诗中，诗人称赞祖国美丽得像“年轻的新娘”，慈祥得像“自己的母亲”。正因为爱得深切，他才真诚地希望祖国“永葆罗马尼亚的精神，手握强有力的武器”，并且永远“英勇、豪迈而又壮丽”。

一八八三年，爱明内斯库发表了哲理长诗《金星》，使他的诗歌创作达到了辉煌的顶峰。诗人从民间传说中汲取灵感，富有创造性地把天空中的金星拟人化，并赋予他一个和古希腊神话中的提坦巨神一模一样的名字——许彼里昂。这首充满浪漫主义气息的长诗包含着深刻的寓意。它旨在表现天才的命定的孤独。天才的情感无法为凡人所接受，天才的理想难以在尘世实现，天才时刻不停地闪耀着光芒，照亮了茫茫黑夜，自己却难免凄凉无比的命运。了解一下爱明内斯库的生平，我们可以注意到金星的形象在某种意义上也是诗人自身境遇的真实写照。他一生怀才不遇，尽管创作了无以计数的辉煌诗作，但却知音难觅，很少得到别人的赏识，生前只出版了一本薄薄的诗集。在情感上，他也有着和金星一样的遭遇。他曾经真诚地爱过一位女诗人，后来由于种种原因而失恋了，这段恋情影响了他的一生。爱明内斯库的才华恰恰表现在他能从自身的经历及社会现实中发掘出永恒的主题，并用艺术语言和手法出色地表达出来。一位罗马尼亚诗人评论说：“这首长诗是这位伟大的罗马尼亚诗人成熟而又完善的天才作品，也是他所创造出的最优秀的作品。这是一座冠盖了巨大建筑的辉煌的拱顶。”正因如此，爱明内斯库在罗马尼亚文学史上享有“诗歌金星”的美称。

爱是什么？

爱是什么？爱是漫长
　　痛苦的缘由，
千万滴泪还不足够，
　　它还在不断地索取。

它将你的心灵同她不经意间
　　发出的暗号连接在一起，
你再也不能把她遗忘，
　　整整一生一世。

在偏僻角落的阴影中，
　　她会在门槛上等候你，
恋人与恋人相会时，
　　你的心会如此祈愿：

即使天和地从眼前消失，
　　你的心依然在热烈追求，
一切都取决于一句
　　仅仅说出一半的话语。

一连数周，你都会细细回味
　　一场贴心的漫步
一次甜蜜的握手，
　　睫毛的轻微颤动。

你还会留恋两个发光体
　　就像太阳和月亮，
日日夜夜，一次又一次
　　总在散发迷人的光华。

从此，你的生命注定
　　再也摆脱不了思念，
它将时刻缠绕着你
　　一如那水中的藤蔓。

别　了

从今往后，我不再见你，
保重，保重，多多保重！
走路时，我将倍加小心
避开你。

从今天起，做你想做的事，
从今天起，我再不会在意
最最甜美的女人
扔下我。

因为我再也不会，如同
那些日子，往往一看见
夜空中的星光
就心醉神迷。

那时，多少次我忍受寒冷
透过条条枝丛凝望，
期盼着你会在窗边
露出倩影。

哦，我感到多么幸福，
我们手牵着手漫步，
笼罩在月亮宁静的
魅力之中！

我不断在心里悄悄地祈祷，
愿夜晚在瞬间定格，如此
我便能永远同你在一起，
女人！

我还在慌忙中听见
那些甜蜜的话语，
那些话语，今天我依稀
记得。

今天假如我再次听到
这些琐事，我会觉得那就像
很多年前一个古老的
故事。

假如月亮在树林闪烁，
在湖面战栗，
我会觉得从那时起，几个世纪
仿佛已然流逝。

我已难以再用
当初温馨的目光打量它……
因此，你就留步，别再管我——
别了！

蓝色的花儿

"你又在沉迷于繁星、
云朵和高高的天穹吗?
可别忘了我的深情,
你,我生命的灵魂。

即便将亚述平原
将幽暗的大海
统统注入你的思绪
也如同河水流进太阳
一样徒劳无益。

古老的金字塔
那宏伟的塔尖直抵云端——
不要苦苦地在远方
寻找幸福,我的爱!"

贴心的宝贝如此说道,
甜柔地抚摸着我的长发。
啊!她说的句句是真;
我笑着,不言不语。

"钻进绿色的林子吧!
泉水正在山谷哭诉,
陡峭的岩石眼看就要
坠入无底的深渊。

那里，在森林的中央，
在清澈的池塘边，
我们坐在黑莓叶丛中，
树枝在头顶缓缓飘荡。

用你那玲珑的小嘴
给我讲故事和传说，
我会用一缕滨菊花瓣
测试你是否真心爱我。

在炽热的阳光下
我的脸蛋红如苹果，
我会解开我的金发，
用它堵住你的嘴巴。

倘若你此时亲我一下，
世上谁也不会发现，
我们用帽子遮掩——
与他人毫不相干。

当夏夜的月亮悄悄
从枝丛间露出面容，
你抱着我的腰身，
我搂着你的肩膀。

沿着绿茵覆盖的小径，
我们走向山下的村庄，
一路上不停地亲吻，
甜美犹如暗藏的花香。

不知不觉来到大门前，
我们在夜色中情话绵绵；
谁又会关心我们的恋情，
谁又会在意我如此爱你？”

又一个吻——她便消失不见……
留下我像根柱子杵在月球上！
多么美丽，多么疯狂，
我蓝色的，甜美的花儿！

……

你一去不返，甜美的奇迹，
我们的爱也随之陨灭——
蓝色的花儿！蓝色的花儿！
没有你，这世界何等凄凉！

哦，请你留下

“哦，请你留下，留在我
身边。我多么爱你！
你所有的所有的思恋，
唯有我会用心倾听；

在朦胧的暗影中，
你酷似一位王子，
用黑亮温柔的眼神
深深地凝视着水底；

依凭喧腾的波浪，
依凭摇曳的长草，
我让你神奇地听见
群鹿嘚嘚的奔跑声；

我看见中了魔的你
开始轻柔地哼唱，
在闪烁的水中
伸出裸露的长腿。

目光盯着那轮圆月
在湖面烂漫的上方，
岁月在你眼里恰如瞬间，
而甜蜜的瞬间恰如世纪。”

森林如此对我倾诉，
树冠在我头顶微微摇荡；
我吹起口哨回应她的
召唤，欢笑着跑到原野。

今天，即便再度返回，
彼时情景再也难以还原……
你在哪里，我的童年，
还有那座神秘的森林？

如此柔弱

如此柔弱，你多像
一朵白色的樱花，
仿佛人间的天使，
出现在我生命的旅途。

你一触碰柔软的地毯，
脚下的丝绸便会叮咚
作响，从上到下，你
飘浮着，宛若一缕轻梦。
从长长罗裙的皱褶中
你升起，就像大理石一般——
心旌摇曳，我的双眼
盈满了泪水和好运。

哦，爱之梦，多么幸福，
童话中走出的温柔新娘，
别再微笑！你微笑的样子
在我眼里，说不出的甜美。

凭借夜的魅惑，凭借
你芳唇火热的絮语，
凭借冰冷手臂的拥抱，
你定能让我双眼永远黯淡。

蓦然，一个念头闪现，
罩着你滚烫眼眸的纱巾：
是幽暗的妥协，
是甜蜜心愿的影子。

你离去，我完全明白
无法跟随你的足印，
我已永远失去了你，
我心灵挚爱的新娘！

遇见你是我最大的过错，
我永远都无法原谅自己，
光明之梦成为我的悔恨，
让我径直迷失于沙漠。

你将圣像般在我眼前显现，
犹如永远的圣母玛利亚，
头顶着耀眼夺目的皇冠，
你将去哪里？你何时再来？

十四行诗

当思绪的声音陷入沉寂时，
一首甜美虔诚的歌在我心中唱响——
那一刻，我呼唤着你；你听见了吗？
你是否已经摆脱笼罩你的重重迷雾？

你是否睁着大大的眼睛，借助和平的
传递者，感受到了夜色温柔的力量？
你从往昔岁月的影子中升起，
让我看见你走来——如此生动，恍若梦境！

你缓缓降临……一步步靠近，更靠近，
你微笑着弯下身来，朝向我的面庞，
用一声叹息显现你的爱情，
用你的睫毛轻触我的眼帘，
让我感受到紧握臂膀时的战栗——
我永远的失去，我永恒的爱慕！

为何在我内心深处

为何在我内心深处
经年累月，我总背负着死神，
为何我一说话就像无底的口袋，
为何我的眼睛死气沉沉？

为何我的大脑一片荒芜，
生命也别无二致？
而你……你是那个
向我提出同样问题的人吗？

哦，母亲……

哦，母亲，亲爱的母亲，在岁月的雾霭里，
在树叶的沙沙中，你呼唤我，一遍又一遍；
此刻，在你神圣墓地那幽暗的墓室上方，
一排排槐树，在秋风的吹拂下，轻柔地摇动，
长长的枝条，悄悄传递你的低语……
它们在不停地摇动，而你在永远地安眠。

当我死去时，我的爱，不要在我头顶哭泣；
你就从神圣而甜美的菩提树上摘一缕枝条，
多加小心地将它埋葬在我的脸侧，
并让你眼里满含的滴滴泪水落在那树丛上；
我会在瞬间感到一片绿荫覆盖我的墓地……
绿荫将不断地扩展，而我将永远地安眠。

然而，倘若我们有一天会一同死去，
千万不要将我们砌进悲伤的墓地，
就在河畔为我们掘好一处安身之地，
将我们俩放进同一棺木同一墓室；
如此，你将永远安卧在我的身旁……
河水不断地流淌，我们永远地安眠。

沿着那排孤独的白杨……

沿着那排孤独的白杨
　　　我时常久久徘徊，
所有邻居都已熟悉我的身影——
　　　唯独你不知我为何人。

我的目光频频投向
　　　你灯光照亮的窗口；
整个世界都明白我的心思——
　　　唯独你对此一无所知。

多少回我都在盼望
　　　你的一句私语回应！
倘若你能赠我生命中的一天，
　　　一天就能让我意足心满。

让我们做一个小时的恋人，
　　　让我们享受火热的恋情，
让我听听你的小嘴说出的甜言蜜语，
　　　哪怕一个小时，我也甘愿死去。

如果你清澈的眼睛为我投来
　　　一束真情的光芒，
那么，在未来的岁月旅途中
　　　一颗星星将会点亮夜空；

愿你永生永世地活着
　　经历一轮又一轮生命，
用你冰清玉洁的双臂
　　将自己塑造成非凡的石像。

你的形象永远受人爱戴
　　即便仙女们从远古时代
穿越而来，也没有任何一位
　　能够与你的容颜媲美。

我曾那么爱你，眼睛里
　　充满野性的狂热和痛苦，
那是祖先的眼睛，由先辈们
　　一代又一代地为我传承。

今天，我已很少靠近那排白杨，
　　心里没有丝毫的悔恨，
即便你会朝我回过头来，
　　也再无法激起我的柔情。

今天，无论举止还是装扮，
　　你已同任何女子别无二致，
我无动于衷地望着你，
　　用死者那冷冰冰的眼睛。

你应该想方设法重新焕发
　　那曾经的圣洁魅力，
并在夜晚，为尘世的爱情点亮
　　一盏冲破黑暗的长明灯。

湖

蓝色的林间小湖上
漂满朵朵黄色的睡莲；
小湖荡起白色的水圈，
将一叶扁舟轻轻摇晃。

我沿着湖边独自漫步，
似乎在倾听，似乎在期盼，
她从芦苇丛中悄然出现，
静静扑到我的怀里。

让我们一同跳上小船，
在水声动人的伴奏下，
让我丢开那副船舵，
放下手中紧握的双桨。

柔和的月光照亮湖面，
我们如痴如醉，随意漂游——
任清风在芦苇丛中沙沙作响，
任湖水为我们尽情歌唱！

可她没有来临……孤自一人，
我徒然叹息，徒然痛苦，
傍着这蓝色的小湖，
湖面上漂满了睡莲。

如果……

如果树枝敲打着窗帘，
　　白杨不停地摇晃，
那是为了让我想起你，
　　让我悄悄走近你的身旁。

如果星星闪烁在湖面，
　　将清澈的湖底照亮，
那是为了让我减轻苦痛，
　　让我的思想晴空般开朗。

如果浓密的乌云消散，
　　月亮重又放出光芒，
那是为了让我
　　永远永远把你怀恋。

树　梢

月亮款款地从树梢飘过，
树林轻轻地将叶子摇动，
桤木茂盛的枝丛间
有支号角在忧伤地歌唱。

歌声愈来愈远，愈来愈远，
愈来愈轻，愈来愈轻，
浓浓的思恋温暖着
我那难以慰藉的心灵。

当我的心着了魔似的
转向你时，你为何沉默不言？
亲爱的号角啊，你是否还会
再一次为我歌唱？

我还有个唯一的愿望

我还有个唯一的愿望：
　　在夜的静谧中
让我悄然死去，
　　头枕辽阔的大海，
让我缓缓入梦，
　　躺在树林的旁边，
　　在无垠的海面上
让我拥有晴朗的天空。
　　我不需飘扬的旗幡，
也不需豪华的棺木，
只愿你们用嫩绿的树枝，
　　为我织一张温馨的小床。

我死之后，任何人
　　都不要在我面前哭泣，
只要秋天让枯黄的树叶
　　发出沙沙的响声。
当流泻的泉水叮叮咚咚
　　响个不停的时候，
　　月亮轻盈地
从冷杉高高的树梢飘过，
　　寒冷的晚风
吹来阵阵铃铛的乐音，
神圣的菩提树在我上方
　　摇动着自己的枝条。

从我停止流浪的
　　那一刻起，
无数的回忆
　　会亲切地涌上我的心头。
我的朋友——
　　那些璀璨的星星
　　从松枝的阴影中升起，
会重新对我微笑。
　　大海将沉痛地哼起
凄厉的悲歌……
而我会在孤独中
　　化为一片泥土。

星　星

通向刚刚升起的星星
是条漫长漫长的道路，
经过千千万万年时间，
星光才洒落在我们面前。

也许星星早已熄灭，
在那湛蓝湛蓝的远空，
而它美丽的光芒
此刻才照亮我们的视野。

死去的星星的形象
缓缓地显现于天上；
当它存在时，我们没看见，
如今看见它，可它已然陨落。

同样，当我们的思恋
消失在深夜的时候，
熄灭的爱的光芒
依然会追随我们的心灵。

倘若白天……

倘若白天我遇见你，
夜晚我定会梦见一棵菩提；
倘若白天我遇见一棵菩提，
整个夜晚，你都将望着我的眼睛。

天上的星星

天上的星星
在大海的上端
在远方燃烧
　　直至陨灭。

桅杆随着
信号在摇晃，
硕大的木船
　　在微微战栗；

几座城堡
漂浮于海面，
酷似流动的
　　荒郊野岭。

灰鹳方阵
占领广袤
无边的
　　云之路。

它们尽力飞翔
尽兴竞赛，
永恒地流逝——
　　这就是一切……

枝头的花朵，
生命和青春
就这样流逝
　　并走向终点。

任何运道
张开翅膀，
遭遇瞬间追逐
　　僵在原地。

在我尚未死去时，
听到我充满
爱恋的哭诉，
　　请走开，天使！

放弃上帝
赋予我们的
迅疾的瞬间
　　难道不可惜吗？

阿莱克山德鲁·马切东斯基
（一八五四年至一九二〇年）

罗马尼亚著名诗人、作家和文学理论家。出生于布加勒斯特一个将军家庭。童年在克拉约瓦市附近的家族庄园中度过。读完初中后，曾赴奥地利和意大利游学，还曾多次游历法国。回国后报考布加勒斯特大学语言文学系。一八七二年，出版首部诗集《第一个词》。一八七三年起，在《电讯报》《家庭》《当代人》《标准》以及他自己编辑的《奥尔特》等报刊上频频撰文，开始长达十年的反君主制战役。为此，曾一度被捕，这反倒为他赢得了一点名声。

马切东斯基熟悉西方文学，并受到西方文学的深刻影响。在将关注点转向文学后，他积极主张罗马尼亚文学应该在继承传统的基础上，接纳新鲜事物，努力融入西方文学的发展进程中。一八七八年，在他的演讲《近十年的文学运动》中，他进一步阐明了自己的观点，鼓动思想自由。他的主要贡献在于将象征主义等现代潮流引入罗马尼亚文学。在此方面，他既是倡导者，又是实践者。他的成就也主要体现在理论和创作两大领域。主要理论文章有《诗歌逻辑》《未来的诗歌》《诗的情感》《世纪之交》等。他在诗歌创作中注重理想与现实、迷幻与清醒、躁动与平静、超脱与回落之间的矛盾张力，注重幻想、意象、音乐性和语言色彩，将不少崭新的艺术手法引入罗马尼亚抒情诗中。主要诗集有《精进》《青铜》《回旋诗》等。

玫瑰圆舞曲

那些孤独的玫瑰
在绿色的沟渠旁生长。
有一天，疯狂的晚风
想要邀请花儿们跳舞。
它首先深入花丛中间，
对着花儿们柔声细语，
诉说着对它们的思念，
它叹息着，仿佛叹息在叹息……

它叹息着，仿佛叹息在叹息……

洁白的玫瑰花丛
透过春天的露珠微笑，
在阵阵微风的安抚下，
战栗着惊醒所有甜蜜的感觉。
化装舞会衣裙的装扮，
柔软丝绒的摇曳闪烁，
她们犹如嘉年华精灵，
在不断亲吻的晚风的诱导下，

在不断亲吻的晚风的诱导下。

沐浴着来自天空的光芒，
浸润于月亮银色的温柔，
她们纷纷扑进谎言怀中，
一朵一朵地在风中出发。

而风不断说着甜言蜜语，
深情拥抱着每一朵玫瑰，
一支圆舞曲正疯狂旋转，
一支圆舞曲，越来越热情洋溢。

一支圆舞曲，越来越热情洋溢。

在清澈的池塘

小船缓缓摇曳，在清澈的池塘……
一缕缕洁白的光芒，从天空欢快流泻——
她们微笑着，在水底显出银色的倒影；
哦，洁白的早晨，低语的梦幻，
白色的云朵，温柔的百合，清澈的池塘，
还有灵魂——那昔日纯净的白银——

哦，灵魂——那昔日纯净的白银。

在森林套索中

在森林套索中，黑暗令人战栗，
叶挨着叶，树挨着树，一片静默；
忧伤、无言、死亡的夜，昏暗的天——
而夜莺却在歌唱，夜莺却在歌唱。

在森林套索中，暴风令人战栗，
红色的闪电裹挟着泛滥的大洪水；
为了什么和谐变成无端的怒火，
而夜莺却在歌唱，夜莺却在歌唱。

在森林套索中，恐怖令人战栗，
姗姗来迟的光环没在叶丛下显现，
黑暗斜穿而来，布满条条小径——
而夜莺却在歌唱，夜莺却在歌唱。

往昔回旋诗

瞧这些果树，瞧这个土坑，
短短的圆木桥再一次经过。
母亲复活，父亲对我微笑……
流逝的岁月仿佛未曾消失。

太阳升起熊熊燃烧的炭火。
齐腰高的稻谷任火焰烧灼。
瞧这些果树，瞧这个土坑，
短短的圆木桥再一次经过。

原野上的青草等待着收割。
河流说起美妙绝伦的话语。
今日的生活终于得到报偿：
我重又变成那快乐的少年……
瞧这些果树，瞧这个土坑。

枯萎玫瑰回旋诗

玫瑰们已到枯萎的时辰，
在花园里枯萎，在我心中枯萎——
她们曾如此活力四射，
今日却又这样随风凋零。

万事万物都在瑟瑟战栗。
人人心灵都充满着哀伤。
玫瑰们已到枯萎的时辰——
在花园里枯萎，在我心中枯萎——

忧郁的黄昏笼罩着世界，
熙熙攘攘的叹息不断流淌。
茫茫无边的黑夜正在降临，
她们痛苦地低下自己的头颅——
玫瑰们已到枯萎的时辰。

八月玫瑰回旋诗

玫瑰依然可见——依然可见，
依然在散发迷人的芬芳，
犹如那些往昔的倩影，
当大地仿佛变成天堂的时刻。

那时，我内心充满骄傲的激情……
身处人群，目光总在凝望星辰——
玫瑰依然可见——依然可见，
依然在散发迷人的芬芳。

徒然地，人生的闲言碎语
熄灭了我所有的欢乐，
面对磨难，我总是微笑着歌唱，
把一切烦忧统统忘记，
玫瑰依然可见——依然可见。

开放的玫瑰回旋诗

一朵玫瑰正在开放，温柔地……
不幸如同天上散去的乌云。
狂热的激情正鼓动着我，
去迎接崇高而神奇的荣光。

我并不在意生活的毒药，
也不畏惧波浪掀起的痛苦：
一朵玫瑰正在开放，温柔地；
不幸如同天上散去的乌云。

此刻我正主宰着这段时光，
决心让命运来做我的仆从，
虽然它曾赠予我所有脸面，
人生已不再那么悲戚愁苦：
一朵玫瑰正在开放，温柔地。

万事万物回旋诗

哦，万事万物在说个不停，
它们可不想让你得到安宁：
青铜，天鹅绒，木头或丝绸，
说着几乎和人一样的语言。

以为它们已然死去，可它们
活着，散布在每一幢房子里——
哦，万事万物在说个不停，
它们可不想让你得到安宁。

在逍遥自在的退隐中
它们有多少话没再对你说：
用你已然忘却的全部热情
诱惑着你，或者折磨着你——
哦，万事万物在说个不停。

小城回旋诗

小城会慢慢让你着迷，
整洁安静的大街小巷，
愚昧却又善良的居民，
甚至都不知我是诗人。

亲昵雅致的小城中心，
见不到带拱廊的房屋；
小城慢慢会让你着迷，
整洁安静的大街小巷。

隐秘的公园如荫庇护，
绝不会混入地痞流氓，
听不到任何高谈阔论，
关于那些秘密的政治。
小城慢慢会让你着迷。

月亮回旋诗

虽然天上升起相同的月亮——
可往昔的月亮又在何方？
生活的谎言曾冲昏我的头脑——
今日，谎言不过换了副面孔。

宛若那时，繁星点点的夜晚，
牧笛声再一次轻柔地回响，
空中，同一个月亮露出微笑——
可往昔的月亮又在何方？

闪烁着银色的月华
用洁白之光为我戴上桂冠，
她还在弹奏旧时的琴弦，
但我听起来已感觉不同，
虽然天上升起相同的月亮。

乔治·科什布克
（一八六六年至一九一八年）

罗马尼亚最具代表性的乡土诗人。生于特兰西瓦尼亚地区比斯特里察—纳塞乌德市一个神甫家庭。童年在乡间度过，从小就对民歌产生浓郁的兴趣，上小学时开始模仿民歌尝试写诗。中学期间，大量阅读希腊诗、德语诗和裴多菲的诗歌，担任过中学文学社社长。一八八五年发表第一首诗作。中学毕业后，他曾攻读神学，后又转学哲学，未及毕业便开始从事编辑工作。一八八九年，他移居首都布加勒斯特，积极参加文学团体“青年社”的活动。自一八九七年起，他投身乡村文化启蒙，参与主办《耕耘者》杂志，为乡村学校编写教材，倡导和宣传乡土文学。

科什布克的诗歌创作注重传统，同时也不忘创新，努力在传统和创新之间寻找连接点和平衡点，以最终确立自己的风格，具有突出的人民性和民族性，不少素材和灵感直接来源于乡村生活。由于他的诗歌生动反映了乡村生活，细致描绘了农人的内心世界，他被誉为罗马尼亚最杰出的乡村诗人。除了乡村主题诗歌，他还创作了不少爱国主题和革命主题的诗歌。此外，还翻译过维吉尔、拜伦、席勒等诗人的诗歌，以及但丁的《神曲》。代表诗集有《民谣和田园诗》《纺线集》《战歌集》等。

在牛的身旁

在牛的身旁，抽打着鞭子，
黎明时分，他携带着犁铧，
从我们家经过，

一听鞭声，我就认出是他，
我在织布，就连自己都没想到，
竟一下跳了起来，无论如何
也要从织机旁走出。

多少根纱线我已完全弄乱，
我火急火燎地砸开了一扇窗户，
自己的心思自己懂！

我头脑清醒，但又仿佛昏头昏脑！
我要对他说些什么？脑中一片空白，
正是黎明时分，那我就
问问他夜里睡得可好。

瞧，不知怎的，他竟这样大胆！
走上前来一把搂住我，抱住我，
站在路中间就亲我吻我。

可我使劲挣脱，从他的怀抱，
狠狠呵斥着他，奋力推搡着他——
这样做其实并非我的本意，
如今想起来真是难过！

哦，并不是说我的腿在门槛处
被钉子碰伤，流血不止，
　　　　　我只是觉得实在可惜！

像他这样的好人，世上再难碰见，
你哪怕对他说上一句恶言恶语，
整整一天，他都会生着闷气
　　　　　一声不吭地埋头干活！

一如百[1]

瞧，倘若国家有此法律，
我们要让所有那些能
将酒变成诅咒的人当牧师。
我坚持认为，谁迷恋霍拉[2]
和姑娘，谁就是好人一个。
而我，凭着信誉如实相告：
即便整天遭受你们的鞭笞，
就连个好教员我也当不了。

1 这是比较俏皮的一首诗，诗人显然更愿做个热爱生活而非循规蹈矩的人。
2 霍拉：霍拉舞，是罗马尼亚传统舞蹈。

照镜子

今天我将要刻木记事——
现在从墙上下来，镜子！
妈妈去村里了！今天宝贝
和亲亲单独待在一起，
我已用门闩将前舍大门
牢牢关紧。

瞧我！还是我，原来那位！
眼睛！嗨，多美的一双！
露出的小脸蛋多么漂亮！
不是我吗？难道是我吗？
那会是谁？瞧，耳朵边
还插着一枝花儿。

就是我！充满了活力！
谁说我身材过于娇小？
瞧啊，此刻我注意到
头巾我戴着真是合适，
妈妈生了个
多么俏丽的姑娘！

我想我确实是个漂亮女孩！
怎么不是呢！妈妈为我做的
围裙带有大大的好看的花儿——
我可不是随随便便哪个女孩：
有我这个闺女，妈妈兴许会
感到骄傲无比。

你可知昨天葡萄园里她说了什么？
她说：“他们尽对我说些什么呀！
我只有这么一个宝贝丫头，
可不想随随便便让她嫁人；
唯有本分善良的好小伙子，才能
娶到我的姑娘。”

我也明白！这样才可以！
我懂得许多，但并不是什么都懂。
妈妈教我做这做那，
教我如何织布，但如何嘴对着嘴
和亲爱的人说话，她可从来
都没有教过我。

我可不想一辈子都守在织布机旁！
让我看看怎么将爱情
连接——这我心里其实一清二楚！
爱情来源于你喜欢之美——
快快，小伙子们也来
亲密地逮着我吧！

我纤细柔弱！本分善良的小伙子
来折断我的腰身，用你的左手！
宝贝，这会讨你喜欢：
纤细的腰身，轻轻地
当他搂紧你时，他会搂住
你的整个身子。

如果他伸出右手
抓住你，围住你的腰身，
问你道："亲爱的，可以搂紧吗？"
你会呵斥他，可他，傻子一个，
作为回答，索性又伸出左手
　　　　　将你一把抱住。

而且还要亲你一口——
天哪！有谁正站在门外？
好小伙子吗？谁也没有！
嗨，原来是风！瞧，我想
看看梳条辫子
　　　　　是否好看？

哦，我怎么打扮都很好看！
那就让我慢慢捯饬捯饬吧：
瞧，项链，腰带，全套装扮！
还有买来的假辫子，
稍等，最后还要从背后
　　　　　搭上一条披肩。

瞧，花一样的俏姑娘——
快快来让我亲你一下！
你能帮我忙的，镜子，开口啊！
唉，你只是不想替他
对我说！我的好闺蜜，你一定
　　　　　有好点子的。

要是妈妈知道！天哪，要是她
知道我今天都干了些什么，
她会让我嫁人的。我也不可能

总是在家做姑娘，我总有一天
也要当媳妇的：让我想象一下
嫁人该多好啊！

姥姥曾对我说过
当媳妇必须比姑娘、女孩
多懂得做一件事，
唉，什么事呢？姥姥没告诉我——
我好纳闷这一件事
又会是什么事呢！

腰带已系好！这会儿，我得从
箱子里取出围裙！看上去既像
姑娘的装扮，又像媳妇的模样……
哎哟！妈妈进院子了！
马上就会透过窗户
看到我的举动。

我该咋办？脑子怎么不转了？
快快，赶紧将衣柜关上
赶紧换衣，不让她逮个正着。
将项链解下！将镜子放回！
还有什么遗漏？前舍的大门
还插着门闩呢。

妈妈进屋了吗？哦，还好
遇见几个邻家婆娘，正和她们
聊着天呢……我整个人都像
被火烤着，胸口一阵刺痛；
天哪，要是不幸被她撞见
该是怎样一顿臭揍！

唯一!

长辫搭肩如小河般流淌——
身形婀娜像麦穗样摇曳,
黑色的围裙束上腰带,
　　　可爱的人儿忽然没了踪影。

看见她时,我会满脸发黄;
见不到她,我又会疾病缠身,
而当别人去向她求婚时,
　　　牧师会来解除我的罪孽。

路上同她说话,三个钟头一晃而过——
她动身离去,我也假装动身离去,
但站在那里望着她
　　　　眼睛睁得大似天空。

知道她家徒四壁,一贫如洗,
我还是想让她做自己的媳妇,
但恶毒世界里的恶毒之人
　　　　把我的道路统统堵上。

多少闲言碎语传进我的耳朵!
所有弟兄都在说着我的坏话,
爸爸常常为此大发雷霆,
　　　　而妈妈则跪在圣像面前,

一个劲儿地叩拜，祷告，守斋；
不停地呵斥我：“白养你了！
你个缺心眼的！脑子坏掉了，
　　　　醒醒吧，约安内！”

让我醒醒？就让我醒醒吧！
同生活，我打算握手言和，
我甘愿去过贫苦的日子，
　　　　辛勤劳作，承受磨难！

我并没有请求弟兄们相助，
还没到需要他们怜悯的地步——
我想随心所愿！我不会因为
　　　　命运的关照而死去！

弟兄们将我活埋吧！
对于她，我要知道
自己还有什么美好的祝愿吗？
　　　　她所不能，我能吗？

然而，土地你拿来做什么？
母牛和公牛又有何种用处？
如果娶不到你喜欢的媳妇，
　　　　所有这些都交给雷电吧！

不如当个男子汉，情愿与否
我只喜欢做男子汉所喜欢的一切！
无论强人还是皇帝
　　　　都成不了这样的男子汉！

让整个世界尽情地歌颂我吧，
我只爱一个女子，我心中的女子：
与其要我同她分离
　　还不如让我烧毁整座村庄！

妈 妈

渡口处，湍急的河水在流淌，
　　　　用阵阵呼啸拍打小路，
潮湿的黄昏中，棵棵白杨树
　　　　吹奏着永恒的悲伤多依娜。
河岸上，条条小径交织一起
　　　　通向不远处的磨坊——
那里，妈妈，我看见你
　　　　住在一幢小房子里。

你在纺线。老炉子闪着火苗，
　　　　不时发出噼啪的响声，
三根干树枝，从篱笆上拆下，
　　　　火苗正在呜呜呻吟：
它们不时勉强闪烁一下，
　　　　挣扎着就要熄灭，
幽暗驳杂的光影
　　　　遍布房子的每个角落。

你的身边坐着两个姑娘，
　　　　和你一道轮流纺线；
她们年龄尚幼，没有爸爸，
　　　　乔治也不再回来。
这会儿，一个姑娘讲起
　　　　金雕和魔王的传说，
你默默无语，听她讲述，
　　　　若有所思的样子。

你手中的线总是会断掉，
显然心思让你走神，
你窃窃私语，无人懂你说些什么，
眼睛死死盯着，一眨不眨。
纺锤滑落，你一声不吭，
纺锤一下子散开……
你眼看着，没有伸手将它捡起，
两个姑娘张大了嘴巴。

……哦，不！不能有丝毫疑惑！
你突然将目光转向窗外，
久久地凝望着漆黑的夜晚——
“你看到什么了？”一个姑娘问。
“什么也没看到……我觉得是这样的！”
悲伤袭上你的心头，
你的每一句话语
都似葬礼上的哭号。

许久之后，你没有抬头
目光朝地，缓缓说道：
“我感觉自己很快就要死了，
浑身都不舒服……
我还明白自己的心思吗？
你们有个哥哥……
我恍惚觉得听到有人
用手指叩击着窗子。

但不是他！……要是能看到他回家，
我会再活一辈子的。

他走了，我也将死去，盼望着
　　　　能当面见他一回。
也许这都是上帝的旨意，
　　　　命中注定如此，
死亡时刻，可别让我
　　　　牵挂着我的孩子。”

窗外，风正吹着，乌云密布，
　　　　夜色已经不早；
姑娘们已经睡下——
　　　　你，荒凉的心灵，
依然坐在炉边，轻声哭泣：
　　　　“他走了，不再回来！”
后来，你坠入梦乡，心里想着我，
　　　　为了能梦见我！

夏　夜

魅力四射的霞光
照耀着林中空地。
鸫鸟纷纷飞回树丛，
夜色正从树林
　　　　悄悄降临。

　　　　满载劳动果实的牛车
缓缓驶来，吱吱嘎嘎作响，
老远就听见羊群咩咩欢叫，
青年们说说笑笑
　　　　穿越谷底返回。

　　　　村妇们，提着水桶
慢腾腾地从小溪起身。
三三两两的姑娘
裙摆束在腰间，唱着歌儿
　　　　离开麦田。

　　　　那些孩童，吵吵嚷嚷
成群结伙，从小溪边涌来；
白色的炊烟从农舍
　　　　袅袅升起。

　　　　村中，所有的喧闹
渐渐趋于平息，
劳动者已经休憩。
此刻，寂静弥漫
　　　　夜色已深。

炉火已被罩住，
油灯已经熄灭，
沉睡的村庄里，
只是偶尔传来某只狗
沙哑的吠叫。

瞧啊！山顶之上，
圆月从枞树间亮相，
一点一点升高，
沉思的样子，犹如
诗人的额头。

硕大的松树林发出阵阵回响，
仿佛铜钟那低沉的鸣声。
波浪富有节奏地来回翻卷，
渡口的河水轻柔地拍击
河滩的沙砾。

不知什么时候，风声停息；
村庄就像在坟墓中沉睡。
处处充满神圣的精灵气息；
安宁的天空
和平的大地。

唯有我的思恋还在漫游，
年轻的思恋，自由的思恋，
在门旁悄悄约会。
思恋与思恋相伴，
爱情与爱情相拥。

报春者

在阳光明媚的异国他乡，
你们身为游子，无亲无故，
从那里归来吧，亲爱的飞鸟，
平安地归来！
你们的缺席让绿叶飘零，歌声停止，
树林在忧伤地哭泣。

在永远蔚蓝的天涯海角，
你们可曾苦苦地思恋
离别的故土？可曾想念
自己的祖国？
望着朵朵白云飘向北方，
你们可曾泪流满面？

回想起我们的时候，
你们一定面对温暖的自然
用火烈的歌喉唱起神圣的颂歌
或者可爱的多依娜！
你们可曾告诉过那些异邦人
我们的多依娜独一无二？

此刻，你们开心地归来吧！
你们将再一次看到亲切的田野，
林中的鸟巢！
正逢夏天，夏天！
我衷心地想要拥抱你们，
为你们流泪，为你们幸福地微笑！

田野的鲜花，诗歌的夜晚，
轻柔的和风，温暖的细雨，
还有欢声笑语
都同你们一起来临。
你们把带走的一切，
又原封不动地带了回来。

图道尔·阿尔盖齐

（一八八〇年至一九六七年）

罗马尼亚“二战”期间代表性的诗人和散文家。出生于布加勒斯特。他早年丧父，十一岁离开家庭，开始独立谋生。一八九六年，走上诗歌创作之路，受到诗人和文学理论家马切东斯基的赞赏和提携。一八九九年，他进入修道院，五年后回到文学界。一九〇五年，前往瑞士进修神学，并靠打工所获得的微薄收入游历法国等国家。第一次世界大战期间，他因言获罪，被投进监狱。他后来创作的组诗《霉花》便取材于监狱生活。一九四三年，由于撰文讽刺德国驻罗马尼亚大使，被法西斯分子关进集中营。社会主义时期，他曾任罗马尼亚科学院院士和罗马尼亚作家联合会名誉主席，多次获得国家文学奖，被尊为民族诗人。

在七十余年的文学创作生涯中，阿尔盖齐出版了三十多部作品。他最突出的文学成就体现在诗歌创作上。题材丰富、手法多变、语言新颖是他诗歌的主要特点。他在诗歌中探索人生的意义，求索存在的价值，讴歌世间的美好，揭露生活的幽暗。人生、爱情、孤独、死亡、社会、自然等都是他经常表现的主题。诗人十分注重语言和手法的创新，不同主题使用不同的语言和手法。比如，在他表现监狱生活的诗集《霉花》中，他大量使用黑话、俚语和俗语，使诗歌风格异乎寻常，被称作“罗马尼亚的《恶之花》”，甚至还在罗马尼亚评论界引发了一场有关“丑之美学”的大讨论。而在童诗集《玩具库》中，他的诗歌语言纯真、风趣、透明，充满了童心和情趣，深受孩子们的喜欢。难能可贵的是，诗人努力向各种文学流派学习，但又始终保持自己的风格。

阿尔盖齐的代表作还有《和谐的词语》《黄昏小诗》《木头圣像》《黑色的大门》等。

歌　唱

防卫节节失利，我从战斗中脱身，
手持折断的长矛，在白色的月影下。
你放上土和水，空隙，在我们中间，
无论何时何地，我们总是形影不离。
整条路上，我都会遇见你，等候着
我的总是一声不吭的忠诚的陪伴者。
在石头和时光之间，你出现，从泉水中
掬起波浪，递给我，没有言语。
你解开衣裳，手捧着双乳，问我
到底想用乳汁还是泉水来解渴。
你将你的嘴巴和我的嘴巴对着冰凌，
想同我一道猛地饮下冰凌中的火焰。
你如影子和思想，融于万事万物中，
光明携带着你，土地养育了你。
每一声动静中，都能听见你的静默，
暴风雨中，请求中，足音和琴声中。
我分明感到，你在遭受难言的痛苦，
面对一切的诞生，面对一切的消亡。
你离我那么地近，同时又那么地远，
永远与我订婚，但始终没和我结婚。

秋天从未……

秋天从未如此美丽，
我们的心灵快乐得要命。
苍白的床单是丝绸覆盖的平原。
树木为白云编织一幅幅锦缎。

聚拢的农舍，像一些针眼，
黏土房底储存着浓稠的葡萄酒，
我坐在太阳河蓝色的岸边，
从泥塘里畅饮金子。

黑色的鸟儿朝西面飞去，
犹如灰鹅耳枥那些病态的叶子，
它们纷纷凋零，张张纸页摇曳
在高处，在蓝天。

谁想哭泣，谁想哀伤，
就来听听这些难解之谜吧，
望着天体般的白杨擎起的火炬，
将影子埋进影子，埋进平原。

侦　察

此刻，天色刚刚破晓。
蜜蜂主妇从蜂箱飞出，
要去看看，皱叶薄荷
是否已在大清早开花？

一家之主同时惦记着
百香草木樨有无动静，
昨夜，一场大雾飘浮，
将绿色植物统统笼罩。

她发现整座花园里面
就连马鞭草都已开花，
听从劝导，她返回家中，
带着一个甜蜜的样本。

四　月

菩提树上，开花的枝头
筑着一个鸟巢。
枝丛在微微摇荡，
鸟巢也随之摇荡。
风儿在花丛中喃喃低语，
用魔咒将鸟儿送入梦乡，
鸟儿在羽翎下露出微笑，
明白那只是风在吹拂。

鸟儿早已从我的
心灵之花上飞走，
它的羽翎恰如蝉翼，
它的绿胸好似苦杏。

从此，我一直将它找寻，
在林中，在树间。

长着颀长羽翎的鸟儿，
你在哪里？你可安好？

为　何?

我问自己:为何哭泣?
我刚刚读了一首诗。
我问自己:为何哭泣?
我刚刚听了一支歌。
我问自己:为何哭泣?
有位苦难者对我讲述了他的磨难。
我为何哭泣?
一切都已触及时代的关键,
通过对语言、提琴和叹息,
通过对感觉、无知和忧伤的痛苦的艺术诠释。
我因为美而哭泣。

两夜之间

我将锋利的铁锹插进房间。
窗外，风在吹着。窗外，雨在下着。

我在地下继续挖掘着房间。
窗外，风在吹着。窗外，雨在下着。

我将坑里的土抛在窗台上。
黑色的土：蓝色的帘子。

窗台上，土堆到了高处。
当然是峰顶。峰顶上，耶稣在哭泣。

挖着挖着，铁锹断了。瞧，那道卷口，
撞上了石头圣骨，也就是圣主本人。

我慌忙从自己走下的时间中返回，
在空空的房间里，重又陷入厌倦。

那一刻，我想登上峰顶，住在峰顶。
有颗星，在九重天中。天上，时辰已晚。

后来的时间

在天空，
铜和铁的钟点敲响。
在一颗星辰，
天鹅绒的钟点敲响。
毛毡的钟点敲响，
在城堡尖顶。
在羊毛的钟点，
古老的时光回响，
纸的钟点
碎裂。
在宫廷墓志铭边上，
灰尘的钟点敲响。

昨夜，姐妹，
没有任何钟点敲响。

晚　餐

寒冷和泥泞中，
一队队盗贼，拖着脚镣，
两个两个走过，仿佛正在
汗水的泥潭中艰难劳作。
食物已经煮好。
夜已降临。天正下着雨。
一把铁锹般笨重的勺子，
从两只木桶中舀着汤。
一些人犯了命案，一些人
在为一次偷窃，或一个梦想而抵罪，
不管你做了什么，全都一样：
要么让富人趴下，要么让穷人站起。
脸色铁青，犹如鬼魂和猪狗，
肩膀、腰身和腿，扭曲着，
埋首于冒着淡黄色蒸汽的滚烫的碟子。
仿佛在抽血。

忧　郁

我带走约会的时光，
当湖水在湖底翻滚，
在它薄薄的帘子上
星星正在穿针引线。

多少光阴不再归来，
思恋中我凝望天边。
钟点将细线同粗线
仔仔细细编织一起。

我看到她正在走来，
在一条孤独的小径，
从很远处一阵渴望
仿佛已占据我心灵。

雪

晶莹纯洁的雪花
我正等候着你飘临，
栽种在蔚蓝中的
朵朵花瓣。

蔚蓝正在凝结，
为冬天制作项链。
整个天穹中一片忙碌，
要把你打扮成洁白的天使。

可当你同星星，同月亮
一起来到我们中间，
总会不断踏上尘土
并陷入泥潭。

眼　泪

眼泪是神圣的，女孩，
它把心交给你，
当语言停止，
沉寂，过上隐修生活，
唯有眼泪言说，
用静默而神圣的叹息，
与世隔离。

但它又会同夜晚一起
对你道一声晚安。
你，眼泪，难道来自月亮?

你刚刚离去

你刚刚离去。我曾请求你离去。
我注视着你，走在松软的小径上，
消失在尽头，三叶草丛中。
你一次也没有回头！

你走之后，我本该给你捎个消息，
可在远方，影子般的消息又有何用？

我想让你离去，也想让你留下。
你最终听从了前者。
无言的念头没能将你阻拦。
你为何离去？又为何要留下？

铅笔画

你的面颊让我欢喜，
一双眼睛，如同湖面
静静地映照出
蔚蓝的天和挺拔的树。

你的微笑让我欢喜，
好似湖底的石子，
一群群长长的白白的鱼
睁着圆眼，纷纷朝它游来。

你的脸蛋让我欢喜，
犹如芦苇中的湖岸，
蜘蛛们正在那里休憩，
躺在当作羽绒的光束上。

你的整个身影让我欢喜，
无论痛苦，无论欢乐，
其实不必让我欢喜的，
可为何又让我如此欢喜？

散落的尸骨

我们的爱在此死去。
你在飘落，叶子；你在生长，树枝。

从那时起，多少苦涩的岁月已经流逝！
你，紫藤，将朵朵花儿抛掷。

你们，深沉的白杨，总是发出喊声或低语，
从那以后，她可曾来倾听你们？

你们屹立着，总是朝向西边，
你们生长着，永远面向天空。

从树顶，你们再没看到她的任何踪影吗？
你们可知“昨日”这个词语意味着什么？

门口，同一棵橡树的浓荫，
哦，园丁先生走了进去。

泉水在流淌，如那时，一刻不停，
你，泉水，正沿着我的过去流淌。

万事万物都仿佛我曾相识，
它们保持不变，犹如初始。

我和他说过想找一个墓地，
我很久以前唱着歌掘好的那个墓地。

他回答道，那墓地不在他的花园。
这是真话。谁也没有属于自己的墓地。

沮 丧

我该在哪里落座，又该在哪里停留
以便取下提琴歌唱？
无论姗姗来迟，还是首先抵达，
我都难以觉得自己在时间中存在。

我不知道

我害怕。
我不知道我为何害怕，妈妈。
我害怕影子和太阳，
于我，黑夜过于漫长，白昼过于盛大。
一个个钟点慢腾腾地走过，践踏着土地，
犹如病夫，又好似醉鬼，
全都在我面前停住，
瞪大眼睛望着，就像一些怪异的面具和人形。
盘查我，审问我，没有招呼，没有言语，
把我当作一个隐瞒者和说谎者
无论是我还是它们，
我不知道究竟谁才说谎。
我说我出生过，我活过，
这难道是说谎吗？
我出生过吗？我活过吗？
没有证明。
我更像是在捏造，
说干葡萄冰草
像梦魇，出发去清扫蓝天。
我活着，总是在爬楼梯，
探出世界之外的楼梯，
总是背负着沉重的包袱，
可感但不可见的包袱。
我数了数台阶，一百个，
一千个，几千个，此刻我还在数着，
我可不能半途停步。

假如我停步，我可是血肉之躯，
楼梯超负荷，会弯曲，断裂，
我害怕自己会坠落，
掉进不知什么地狱。
每个台阶上，那些钟点，那些面具，
都在等着我，
漂亮或者变形，
我预感某个罪孽正在追踪我，
并将指控我，审判我，
自从我尚在黑暗中时，
自从我尚在襁褓中时。

奥克塔维安·高加

（一八八一年至一九三八年）

罗马尼亚著名诗人和政治家。出生于锡比乌地区勒希纳里乡一个神甫家庭。童年在乡村度过。在锡比乌和布拉索夫读完中学。中学期间，开始发表诗歌。中学毕业后，进入布达佩斯攻读语文和哲学，研读过裴多菲等匈牙利诗人的诗歌。随后，又到柏林继续学业。一九〇五年，出版第一部诗集《诗歌》，收到热烈回响，成为当时最引人注目的诗人之一。诗歌创作的同时，积极参加政治活动，为国家统一大业四方奔走。一九〇九年在布达佩斯时，曾因撰写抨击奥匈帝国的政论而被关进监狱。一九一〇年，回到罗马尼亚，以更大的热情投入政治生涯，曾一度担任罗马尼亚总理。一九二〇年，当选为罗马尼亚科学院院士。他的诗歌具有浓郁的浪漫主义色彩，感情饱满、热烈，充满战斗性和教育性，语言富有色彩感和音乐性。除诗歌写作外，他还翻译过不少匈牙利诗歌。主要诗集有《大地呼唤着我们》《没有国度的歌曲》等。

我　们

我们有郁郁葱葱的松林，
我们有如丝如绸的平原；
我们有这么多的蝴蝶，
这么多的哀伤，在家里。
夜莺们从异国他乡飞来，
聆听我们动人的多依娜；
我们有歌声，有鲜花，
也有无穷无尽的眼泪……

在我们这里，穹顶，高空，
古老的太阳依然在燃烧，
但在我们的山冈上，
它并不为我们升起……
在我们这里，林子里的
灌木丛讲述着悲伤，
穆列什河流淌着悲伤，
克勒什三支流流淌着悲伤。

在我们这里，妻子们
一边哭泣，一边纺线，
父亲和孩子也在哭泣，
全都沉浸于悲伤之中。
在我们柔情的天空下，
霍拉舞节奏更加徐缓，
我们的歌曲哭泣，
在所有人的眼睛里。

那些蝴蝶更加羞涩胆怯，
在蓝色天际飞翔的时刻，
玫瑰花瓣上闪烁的露珠
只是我们的滴滴眼泪。
与我们情深义重的树林
胸口一直在不停地战栗，
它们说可怜的、衰老的
奥尔特河也由眼泪织成……

我们有未竟的梦想，
我们有苦难的孩童，
我们的祖先和父辈
因为悲伤一一离世……
从久远的被遗忘的年代，
回响着声声沉重的呻吟，
就这样，我们日复一日，
用眼泪浇灌着虚妄的梦。

多依娜

哦，多依娜在高山峰顶哭泣，
从笛子中，它们清澈地坠落，
缓缓地摇曳，缓缓地沉入
松林无边无际的宁静之中……

歌曲，精巧的歌曲，
此刻，你轻轻地轻轻地停住，
步入梦乡，迷失在枞树林
传来的温柔叹息的颤音里……

从古老时代的奥秘中，
一滴泪滴落在我的心口，
当我倾听你的时候，
消逝岁月的哭泣令我战栗……

此刻，你已融入茫茫夜色，
而我正在征询心的意见：
你的哭泣究竟会悬挂于
哪棵松树，哪个枝头？

当牧羊人连同他的羊群
早已离开人世的时候，
你，我们永远的姐妹，
你还会存活多少个年头？

终会有一天——谁知道呢——
一位旅人走过这里，
会将你从一朵花中采撷，
那朵花，形似云的羽翎……

你会走下山谷，来到开阔之地，
整个世界都将倾听你的歌唱，
整个世界都会随着你的歌声，
开始同你的痛苦一起哭泣……

煤　炭

在岁月深沉空虚的夜晚，
煤炭正在炉中为你燃烧，
你默默端坐在石板凳旁，
想着我们也曾炽热燃烧……

当火炭之眼不停地眨动，
闪出一道道璀璨火花时，
你可要知道我狂野的梦
也曾在火中将自己点燃。

我的歌儿

我将你们从梦中唤醒
我请你们从星上走下，
我在奥秘中抚慰着你们，
我的歌儿——
犹如在鸟巢中，我沉睡在你们心里，我的歌儿！

你们在那里唧唧鸣叫，
乳臭未干的小鸟，
你们唧唧鸣叫，快乐生长，
犹如襁褓中的婴孩——
哭泣，微笑，在我胸口，犹如襁褓中的婴孩。

在你们的上空，
太阳的缕缕光束，
月亮的缕缕光束
都在编织着一个个花冠——
多少饰带，多少月亮的光束，我没对你们说吗？

有一天，蓝色的天际
欺骗了你们，
你们同我分离，
你们的翅膀——
你们的翅膀之路，谁又能为我指出？

迷失在远方，
流浪的鸟儿，

鸟巢不知你们去了何方——
你们是否还记得归巢？
在广阔的世界漂泊不定，你们是否还记得我？

雨点敲打着屋檐，
老巢在呼唤着你们，
我孤苦伶仃，无依无靠，
归巢已经坍塌——
没有你们的声声鸣叫，归巢已经坍塌！

一滴泪

假如有一天，你将分发
你所拥有的财富，
所有所有的馈赠中，
我只想请求你给我一滴泪。

那时，你将赠我一滴心灵，
从看不见的深处升起，
因为唯有在大海深处，
才能采撷到珍珠……

片　刻

我们刚刚重逢了片刻，
巨浪又迫使我们分离，
不幸正躲在暗处窥视，
当你搂住我的头颈时。

但我们无言语的重逢，
足以将全部含义完成，
它连接着我们的一生，
在那片刻闪现的刹那。

我仿佛觉得在大海上，
黑暗而又深沉的夜晚，
一道闪电让我注意到
有只小船正急速沉没。

日　落

礼拜天。路上不见一人，
在黄昏石化的静谧中，
古老的公园仿佛一座教堂，
一丛丛墨兰，是它的祭坛。

浸润在温柔而羞涩的花中，
太阳，在下面停止照耀，
最终，鲜艳的彩虹纷纷
折断，在阴森森的白十字架上。

接着，日落……缓缓地，一片一片，
阴影来到树上坠落
直至后来，月亮从湖面升起。

棕榈树沐浴在冷清的光中，
而我们，犹如民谣中的两个人物，
啜饮着寂静那盛大的歌声……

扬·米努莱斯库

（一八八一年至一九四四年）

罗马尼亚诗人、小说家和剧作家，罗马尼亚象征主义文学的重要代表。出生于布加勒斯特一个商人家庭。中学期间开始发表诗歌。一九〇〇年赴巴黎攻读法律。其间，被法国诗歌深深吸引，同法国诗人交往颇多，并沉浸于对法国诗歌的阅读。四年后，回到祖国，主要从事诗歌和小说创作。他的诗歌深受法国和比利时象征主义诗歌的影响，充满了梦幻氛围和忧伤气息。大海，玫瑰，雨，神秘女子，异域风情，奇妙的心灵状态，常常出现在他的诗歌中。生命、死亡、孤独和爱情是他诗歌的永恒主题。除诗歌外，他的小说和戏剧创作也同样引人注目。长篇小说《红，黄，蓝》曾获得巨大成功。主要诗集有《我并非看上去的那样》《与自我对话》《为未来书写的浪漫曲》《大众诗歌》等。

今天，你，明日，我

在我身里，
在你身里，
在他身里，
心儿歌唱，
同时又哭泣。

歌唱并哭泣，
直接在我们身里。
在出生的那一刻歌唱，
在接下来的一刻哭泣。

和风一起歌唱时，
我们关闭坟墓。
和雨一起歌唱时，
我们关闭房间。
我们三个，全都一样，
在我身里，
在你身里，
在他身里。

疯子之歌

他们很本分……
我则是疯子……
但由于**我**向来保持不变——
也许最本分的人是**我**——
虽然我每次这么对他们辩解，
可在**他们**看来，我还是疯子……

我恨自己不像**他们**……
我爱他们不像**我**……
他们酗酒，
还恬不知耻地撒谎——
在朋友们眼里
我纯粹就是疯子……不像**他们**……
他们不喜欢**我的**情人……
我不喜欢**他们的**情人……
他们用众人的目光
看到的是女人……
我只用
自己的目光
看到的是**我的**情人……

在他们所有人中间，唯有**我**
不像**他们**，
出于自愿
我打算去疯人院——
由于我不会为此感到遗憾，
因此，本分的人其实还是**我**！……

一只只钟

一只只钟敲响……
一只只钟在远方敲响，
一只只钟！……一只只钟！……
有多少只钟？
多少模糊的声音在清晨死去，又在深夜复活？
多少声音在诅咒复活节大斋期间的饥饿？……
一只只钟，一只只钟……
沉默，然后又敲响。
有三只铜钟，或三只银钟？
什么基督用钟的声音宣讲，
这么多年，就像第一夜那样，
不断地欺骗我们？……
什么疯先知还来对我们宣称
他是创世主派来的特使？……
又是什么谎言
将改变世界的面貌？……
一只只钟敲响，
敲响，
仿佛斯芬克司第一次露出微笑的那个夜晚！……

敲响，你们这些铜钟，
敲响，你们这些银钟……
风会将你们的歌提升到更高处，
更远处——
以便在虚妄安抚的蔚蓝中粉碎你们，
并扼杀那些撒谎的先知的声音。

潮湿的风景

雨斜斜地
虚假地下着，
雨笨拙地下着——
雨下着，就像有一天，在伦敦，
我和安妮·奥德拉[1]一起
呷着干苦艾酒
在皮卡迪利大街的一家酒吧里……

雨下着，好似一个喷洒器
匆匆淋湿绿色的草坪，
那些草坪专门用来逗贵族们
开心，一帮喝威士忌喝得醉醺醺
并迷恋太阳的贵族……

雨下着，雨滴仿佛
只是汗水，
从安妮·奥德拉的裸体上流淌，
当她同拳击手关在房间时……

雨下着，
雨下着，
雨整天下着，
雨下着，就像下在无底的池塘——

---

1 安妮·奥德拉（一九〇二年至一九八七年）：波兰籍女演员，拥有波兰、捷克、奥地利和法国等多国血统。

奥菲利亚和哈姆雷特
就隐藏在那个池塘，
好为莎士比亚
再弄个新剧……

钥匙浪漫曲

昨晚你给我的那把钥匙——
绿色大门上的那把钥匙——
恰恰就在昨晚被我弄丢了！……
可什么钥匙不会丢呢？

昨晚你给我的那把钥匙
从钟楼掉了下去，
掉在楼梯上，
掉着掉着，碰灭了电灯。

昨晚你给我的那把钥匙
我找过；
可楼梯上
一片漆黑，如同外面——
漆黑，如同拱顶下的
修道院，
当圣像前的蜡烛
熄灭的时刻。

我留在哥特式钟楼里——
镶有三枚徽章的钟楼：
爱的徽章，
希望的徽章，
未来信仰的徽章……
我留在哥特式钟楼里
广袤的
混沌黑暗帝国的主人。

夜晚一个个时刻过去，
夜晚一个个钟点过去，
黎明的翅膀
匆匆挥动，
就像那些在传音效果极好的
白色阶梯上度过的瞬间。

我从楼梯上走下……
在最后一个阶梯，
我发现
昨晚你给我的那把钥匙
伪装成一只白色的高脚杯
斟满绿色的芹叶钩吻[1]酒。

在最后一个阶梯
我跪倒在地，
开始哭泣——
因为在最后一个阶梯，
就像在一本智慧之书中那样，
我在杯底读到了
正悄悄等着我的灾难！……

---

1 芹叶钩吻：又名毒参，是苏格拉底被判自尽时所用的毒药。

没有音乐的浪漫曲

在你身上，我寄托着全部希望，
我对你说：
"从今往后，你就是我的一切，
而我
同样是你的无神论者，
除了你，我已什么都不相信。"
你就做我的一切吧——
过去，昨日的死者
睡在柳树成荫的交叉路口，
明天，那些新来者
在亡故的痛苦坟墓旁哈哈大笑……
我们将攀登高高的楼梯
朝着彤云——
流浪着，从空洞到空洞，
我们将抵达那个有数位国王的国家：
虚无，
永恒，
天边的蔚蓝……
那边，有座花园，只种
颠茄、
芹叶钩吻
和月桂，
干渴的我们将从金杯里啜饮
融化在蓝色天体中的爱……

多彩浪漫曲

我什么也不向他请求……
然而，如果他愿意——
如果他愿意给予我尚未请求的东西——
请他从一片湖造出一个马尔马拉海[1]，
从一只蜗牛造出一个凿在岩石上的斯芬克司。
我什么也不向他索求……
然而，如果我要向他请求
我愿拥有什么，我愿他给予我什么，
我会将吗啡滴落在充满精气的
高脚杯中，
并如此请求：

请给予我不可能给予的一切，
请给予我极地太阳金黄的平静，
请给予我各各他[2]的第一个黄昏
和第一个全球停战。

请给予我你美的悖论，
请给予我反叛之梦的预言，
请给予我平庸段落的顺从
和我自己诗歌的争辩。

1　马尔马拉海：土耳其的内海，是世界上最小的海。

2　各各他：又称各各他山，是一座罗马治以色列时期比较偏远的山，据《圣经·新约全书》记载，耶稣基督被钉十字架的地方就是各各他山。多年来，“各各他”这个名字和十字架一直是耶稣基督被害的标志。

请给予我地下生活的入门指南，
请给予我哑默笛子的交响曲，
请给予我世俗嘴唇的阐释
和沉寂圣像的字谜。
请给予我第一位女性牺牲品的价格，
请给予我蛋白石和玛瑙的象征，
请给予我《莎乐美》毒性的节奏
和《茶花女》F小调的咳嗽。

请给予我水上旅行者的脾脏，
请给予我后来岁月的绿色光谱，
请给予我被扔进墓穴的死者的庄重
和送葬队伍的好笑。

请给予我你在第一刻挥霍的一切
和在随后一刻聚拢的一切。
请给予我国王轮廓的奢华
和疯人院的透视图……

我什么也不向他请求。
然后，如果他愿意——
哦，如果他愿意给予我尚未请求的东西！——
就请他从一片湖造出一个马尔马拉海，
从一只蜗牛造出一个凿在岩石上的斯芬克司。

在欧洲地图上

昨夜，我和风，和白杨树
聊了会儿天……
风认识我，
白杨树认识我……
还在我用脑
用眼
在欧洲地图上
四处漫游时，
他们就认识我。

我想起那个夏天的夜晚
当我从家里出门的时候；
刚刚走到门口，
我就看到自己已到远方，正在穿越不知什么国家，
凌晨，我醒了过来，眼睛直勾勾地盯着地图。

我还想起我的理想——
渴望成为一棵朝向天空屹立的白杨树
和一缕总是围绕我的大地
匆匆吹动的风……

一段时间之后
我在地图上寻找自己，但再也没有找到。

水彩画

在那座每周下三回雨的城市，
市民们，在人行道上
手牵着手走路，
在那座每周下三回雨的城市，
人行道上的市民
撑着叹息
并折叠着的湿得要命的旧伞，
看上去就像从橱窗里取下的自动玩偶。

在那座每周下三回雨的城市，
人行道上，唯有那些手牵着手
走路的市民的脚步声在回响，
他们在心里
数着雨滴的节拍，
那些雨滴
从雨伞，
从排水管，
从天空落下，
凭着某种血清的力量，
因了缓慢，
单调，
无益
和心不在焉的生活……

在那座每周下三回雨的城市，
一个老头和一个老妇——
两个坏了的玩具——
手牵着手走路……

乔治・巴科维亚

（一八八一年至一九五七年）

罗马尼亚重要的象征派诗人。出生于巴格乌市一个小商人家庭。从小喜欢绘画和音乐。青年时期曾在布加勒斯特和雅西学习过法律，毕业后当过职员和教师。一生贫病交加，过着困苦的生活。在诗歌创作上，曾受到过波德莱尔、魏尔伦、兰波等法国诗人的深刻影响。由于处境凄凉，心情郁闷，其诗歌常常表现荒凉、绝望和虚无的主题。萧瑟的秋季、连绵的阴雨、荒废的田园、贫民窟、小酒馆、疯人院等常常出现在他的诗歌中。他特别注重用色彩来象征事物和心绪，黄色象征疾病、绝望和死亡，黑色象征衰竭、焦虑和阴郁，白色象征空虚和迷惘，铅色象征沉闷和压抑。在他的笔下，线条、形状、颜色、动静、沉默、韵律等都具有诗歌意味。他被公认为马切东斯基之后罗马尼亚最具代表性的象征派诗人。代表诗集有《铅》《黄色的火花》《和你们在一起》等。

铅

铅的棺材在沉沉睡着，
还有铅的花朵和丧服——
我独自坐在墓穴中……风在吹……
铅的花圈在吱吱作响。

铅的爱人扭曲着睡在
铅花上，我开始呼喊——
我独自坐在死者旁……天很冷……
铅的翅膀在头顶悬挂。

咏物诗

秋天吹起牧笛
　　奄奄一息——从地底——
群鸟飞过
　　悄悄地找到隐藏之处。

雨滴滴答答下着……
　　街市上空无一人；
你要是待在外边，
　　烟尘会让你窒息。

远处，田野上，
　　一只只乌鸦坠落，缓缓地；
拐弯处传来声声
　　冗长的哀嚎。

小铃铛总在回响
　　忧伤而又嘶哑……
时辰已晚，
　　我还没有死去……

布　景

白色的树林，黑色的树林
光秃秃的，伫立在孤单的公园：
哀悼的，服丧的布景……
白色的树林，黑色的树林。

公园里再次响起难受的哭声……

白色的羽毛，黑色的羽毛，
一只鸟儿苦涩地鸣叫着
穿过古老的公园，张开
白色的羽毛，黑色的羽毛……

公园里一群幽灵纷纷显现……

白色的叶子，黑色的叶子；
白色的树林，黑色的树林；
连同白色的羽毛，黑色的羽毛，
哀悼的，服丧的布景……

公园里零星的雪偶尔飘落……

灰　色

窗外不祥的鸟儿停止哭泣，
冬季的铅块笼罩世界；
“听见乌鸦了吗？”我自言自语……一声叹息，
而在沉重的铅的天边
灰色的雪在飘落。

如同天边，我的思绪也转入幽暗……
因了这更加孤独更加野蛮的世界——
忧伤中，我用一支羽毛打扫起炉灶，孤单地……
而在沉重的铅的天边
灰色的雪在飘落。

咏物诗

寒冷弥漫在田野……
雪的残留
依稀可见。
沟渠中
零星的花。
远处，
年轻的太阳
在逃离……
微风，
蔚蓝的天，
寒冷弥漫在田野……

广　板

音乐可为任何原子配音……
思念你，思念另一个世界，
思念……
平面：
无名的痛苦
在人身上……
所有人都在想着他们的人生，
他们的消失。
音乐过于伤感
疲惫地——
思念你，思念另一个世界，
思念……
音乐可为任何原子配音。

罕　见

孤单，孤单，孤单，
远处，在一家客栈——
掌柜已经呼呼大睡，
街道全都空空荡荡，
孤单，孤单，孤单……

落雨，落雨，落雨，
酩酊大醉的时刻——
听听那大片的荒凉，
多么多么地忧伤！
落雨，落雨，落雨……

无人，无人，无人，
无人知晓我的存在，
在这么长的岁月里，
这样我倒觉得更好，
无人，无人，无人……

战栗，战栗，战栗……
任何刺人的讥讽
都留给你们自己——
眼看着夜色已深，
战栗，战栗，战栗……

永远，永远，永远，
此时此刻的迷惘

永远无法将我召唤……
露水滴在梦的上方
永远，永远，永远……

孤单，孤单，孤单，
酩酊大醉的时刻——
听听雨在怎样飘落，
多么多么地忧伤！
孤单，孤单，孤单……

后　来

诗歌，诗歌……
金黄，铅灰，紫红……
空荡荡的街市……
抑或迟迟的等待，
冻结的公园……
诗人，孤独……
金黄，铅灰，紫红，
空荡荡的房间，
深深的夜晚……
哀痛
而古老的花香……
永远……

黄　昏

风中的忧伤，死者的忧伤
在寂静的街上纷纷解体——
新酒迟到的节庆
正是穷诗人的梦想……
如此欢快的时辰
鼓动着我独自驻留——
面朝秋日，倾听爱明内斯库，
海涅和莱瑙温存的叹息……

遗　憾

那两棵白杨，我早已早已认识，
它们今天再次伫立在我的面前——
我无比喜欢久久地将它们凝望，
但一股忧伤忽然袭上我的心头……

仿佛有人在悄悄对我说着什么，
说我明天也许就要离开人世……
从此之后，再也没有任何路人
会把目光投到它们的身上……

充　裕

秋日的色彩和烟尘，诗人的哭泣，
冰凉的水，叶子在下雨——
慢慢地说，慢慢地走，
一切都在新的哀痛中崩塌。

葡萄酒，蜂蜜，和麦子
他们全都尽可能地收拢……
咳嗽，哭泣从梦中发出，
走吧，哪里都行，土里的叶子……

一只猫咪在白霜覆盖的花园，
在冬天般寒冷的寂静里出现——
我穿行于一条清洁的街道，
树上所有的叶子还没掉落。

曾几何时……有朝一日……
地平线不语，但人会言说——
只不过，现在就是从不……
深深地，现时，合上书册……

我也去向那里，硕大的建筑，
从此，我便步入幽禁时光——
激动……麻木……
正是秋日……我要写下这一切……

荒凉……

远处，城堡中，生活在咚咚起舞……
哦，我所有的感觉都燃起极端的怒火……
而在长长的大厅里，爱伦·坡，波德莱尔
和罗林纳[1]扑哧发出了讥讽的笑声。

1 罗林纳：可能是一个不知名的诗人。

很久以前

走过你的街道，
再也无人知晓的街道——
沙沙作响的夜发出回响：
——哲学！

轻轻地，守门人吹起口哨，
太迟太迟的诗歌……
荒无人烟的夜发出回响：
——哲学！

提　前

冬日，天寒地冻……
我愿想想那些荒芜的岁月——
我谁也不再等待。
没有一丝希望。
谁也不再自由……
我愿想想那些荒芜的岁月——
关上任何地方，
关上门——冬日，天寒地冻。

纠　结

一心
想着你，
我会遇见
相似的面容。

似乎你
就是你……
唯有你的灵魂
依然
有所不同。

就这样，
从我的步履里
形形式式的心理学家
朝我走来，
在街市
沉重的进行曲中。

哀　歌

当我再次生病，被人遗忘时，
在疗养院，或在医院，
我会静静坐着，凝望
生命的华尔兹舞。
我的余生——犹如一声“别了”……
在疗养院，或在医院，
无论如何，有违我的意愿——
兴许我也会陷入孤独。
随后，沉默……
犹如秋天，一个忧伤的黄昏……

艺 术

咖啡馆
几个该死的梦幻者。
岁月流逝，
象征主义，
颓废的流派。
小册子，
珍稀首饰。
悖论，
古怪，
那些黄昏，
那些夜晚，
散发的香水
和种种色调。
夺人眼球的城市。

我　思

我已实现
所有的政治
预言。
美好
天空
晴朗，抑或愤怒。
一句著名的格言
支撑着你活着……
没有明天，
没有今天，
也没有昨天——
时间……

静　默

还有什么……那些夜之书
我仍在读，感觉自己活着——
深更半夜，
谁人又点亮灯盏？
时钟在插页上嘀嗒作响……
一切存在，我却并不知晓？！
夜……
深更半夜，
谁人又点亮灯盏？

瓦西里·伏伊库雷斯库
（一八八四年至一九六三年）

罗马尼亚著名诗人、小说家和戏剧家。生于布泽乌县帕斯科沃乡一个富裕的农民家庭。曾就读于布加勒斯特大学语言文学系，后又转入医学系。中学和大学期间广泛阅读文学和哲学著作，对荷尔德林、达尔文和斯宾塞等诗人、生物学家和哲学家产生浓厚兴趣。大学毕业后，曾多年从事医务工作。一九一四年，在《文学对话》上发表诗歌，登上文坛。在诗歌、小说和戏剧方面均取得令人瞩目的成就。伏伊库雷斯库热衷于探索事物的神秘含义。在他的作品中，现实往往同幻想融为一体，既具有抒情味，又富有哲理性。诗歌创作前期，他注重表现民俗、描绘田园生活。后期逐渐趋向于现代派诗歌，内心冲突、道德拷问、神话挖掘、宗教情结成为他主要的诗歌追求。

虽然凭借诗歌成名，但伏伊库雷斯库在小说领域取得的成就同样为人称道，《野牛头》等短篇小说已成为罗马尼亚脍炙人口的经典名篇。他的小说主题常常与自然、现实生活和民间传说相关联。故事一般发生在风景优美的多瑙河三角洲和古老的比斯特里察河一带。这里的人们善良朴实，他们同宇宙，同天空、土地和河流有着秘密交流渠道。作品人物通常处于逆境之中，只能依靠自身的才智和力量同自然和灾难抗争，或者倒下，或者幸存。对神秘现象的精致描绘，对悬念手法的巧妙运用，对人物心理的深入剖析，为作家赢得了一代又一代的读者。

代表作品有诗集《寄自野牛之乡》《早熟》《命运》《朦胧》《莎士比亚十四行续写》等，小说集《小说集》，以及长篇小说《盲人扎赫》等。

十四行（之一）

所有时间，我都在品味意义种种，
没有什么表象能够轻易将我欺骗，
我可以透过美妙护栏遮掩的谎言，
发现私藏于温暖拥抱之下的匕首，
我隐约看见你站在重重盾牌后面，
整座天然的金子堡垒在死死抵抗，
我任由自己屈从于内心恶的硝酸，
用恶撕咬人类，进行探察和挑选……
懂得如何变得恶毒也是一种智慧，
考验和折磨为情感提供有力证明……

别宽恕，打击吧，吾爱，该你了：
越炽热，爱情其实就越容易锤炼，
　　　　犹如铁匠以精湛技术锻打的红铁，
　　　　爱情同样也需要淬火，需要曲弯……

十四行（之二）

冬天降临……母熊躲到更深处栖身，
我们的心灵披上了一条云的薄纱。
心犹如一把钝剑，你将它插进鞘中，
用痛苦的阴影来测量自己的生活：
那些阴影爬得真快，近乎高至额前！
狡诈的时代在迟缓之中将你诓骗。
你曾以为面前的时间是一座桥梁，
到后来它恰恰成为巨浪把你吞噬……
还有无河岸我们兴许能游过去登上？
你盘算着该付出多高利息真是错谬。
抑或就此完结？抑或曾经才是一切？
瞧，严寒来临，如此匆匆仿佛惩罚！
　　　　哦，如果可能，不要用肩膀推动极地，
　　　　而要在灯盏般的意念中，将它们吹熄！

十四行（之三）

无论言语装扮得多么精巧温情，
言行如何讨我欢喜，我都知道你何时在骗我，
目光色彩突然间会发生变幻，
眼睛刹那间会磕磕巴巴，陷入沉默。
你那时多么亲密可爱！我多么喜爱你的谎言！
你完整出现在那里，你，那么真实，
你，天真，充满了活力，总是混杂着
某种瑕疵，如纯金般熠熠闪烁……
没有任何罪过……你内心的坏是匹敏捷的马，
碾碎障碍，心灵，以便飞向你渴望的地方，
在爱的肋骨中，残酷是灵动的马刺，
红色的水滴落在黑色的欲望上，
　　　　在你的地狱，你用背信弃义的天使
　　　　引诱着光，拽住天空，为我将它打开……

十四行（之四）

我望着夜，死亡的影射，如何降临，
世界在熄灭的灯盏中寻找着幽灵：
生活重新进入梦中，如一缕芳香，
从远处穿越睡梦，在寂灭的肉身。
我总是身处黑暗：我的光在你那里，
另外的光，我的眼睛再也不愿接受。
你怎么能随意地挥霍神圣的欢娱？
难道就没有一丁点念头悄悄告诉你
我的爱情，比永恒的自然更加浩大，
用数十种面孔，重又催生你的深渊？
按照崇高旨意，我全然将奥秘呈现，
好为你穿上唯一却赤裸的美之华服；
　　　　我已教会了你爱，荣光中的高傲飞翔，
　　　　就让我死去吧，如蝎子饮下自身的毒。

十四行（之五）

将我拽向你的既非悲凉的放纵，
也非虚伪的恶习，而是清澈的激情；
当蝴蝶在烛火中点燃自己的羽翼，
它渴望的并非油脂，而是神奇的光明。
此刻，我倚靠记忆，随后又倚靠死亡；
世界所有其他支柱都在一瞬间坍塌，
爱情正在远方某处一步步走向腐朽，
永恒还是一缕丧失翅膀的梦幻。
我在四处积聚，自我封闭于阴沉的焦虑，
心灵陷入枉然，乞求早早入眠；
黄昏穿越道道荣光，充满神秘的甜美，
在它潮湿的薄布中，我用阴影裹住自己……
　　　　没有星星，没有歌声：另一种沉重的夜晚降临，
　　　　比冰更加清澈……同冰一样寒冷。

十四行（之六）

爱情坚定不移吗？你只变换情人吗？
你总是朝同一道火中投掷不同的干柴吗？
在永恒的爱情里，你的地狱只焚烧
那些被诅咒者吗？那么，这就是我。
不可救药地坠入你白色的魔网，
每一丝痛苦都让我预感什么叫永恒，
我的感觉，六条令人恐怖的蜥蜴，
受你的唆使，我饮下毒汁，陷入迷醉。
抵御享乐的寒冷，我的痛苦燃起火焰，
瑕疵，顿时变成异乎寻常的钻石，
快感将我捻开，在千万道彩虹中，
一端连着伊甸园，另一端咯咯咬牙……
　　　　我在哭泣。卑劣的亚当，在神圣的天堂口，
　　　　当你将我逐出你那一座座高高的地狱……

十四行（之七）

我用荣耀和神秘的思想为你戴上桂冠，
仿佛在一场虔诚举办的礼拜仪式上，
我乞求心醉神迷，火焰的翅膀在真气中
翱翔，以便我们抵达爱那惊恐的状态……
但起初，我觉得你过于脆弱，过于娇嫩，
难以接受我这喧闹的天才的顶礼膜拜：
就像为了容身并迁入你那窄窄的爱情
沉重、硕大的一切我都得从内心抛掷。
在偶像崇拜的天顶下，我冻结成冰，
双膝跪地，额头不住地摩擦石板……
在你的石洞中，从未错过一道光亮。
在我一息尚存时，你又为何将我扔弃？
　　　　　我从爱的盐矿中返回，苍老，呆滞，
　　　　　仿佛刚刚从一场残酷无情的流放归来。

十四行（之八）

你想从我内心抽身而出吗？这或许会剜掉我的眼睛……
不止于那时……你永远静坐于此，
在我内心全部的永恒灵魂里，
在我决意进入的不朽本身里。
爱，亦有周期，如同月亮，时而月盈，
时而月缺，甚至陷入黑暗，我又在乎什么呢；
我激情的海洋，在你的光芒的奴役下，
掀起浪涛，梦幻般，朝向高空汹涌澎湃：
苦难的顶端多么骄傲的清澈！
骤然间，千万个浪涛将我粉碎，为了把你折射……
我们凭借期望之力相互吸引，
但那固定的杠杆——地和天——我无法掌控。
　　　　　然而，诗人即将对抗残酷的法则：
　　　　　每一诗行都沐浴着你的灿烂，来自高处。

十四行（之九）

为何你只爱你本人?
美的法则，无论哪里，你都得崇拜。
镜子和眼睛在发问，万物都将回答
你，纯粹的原型，才是美的君王。
内心的光泽怎样渗入你，孪生女神
——燃烧着秘密、思想和情感的真气——
你，易逝的肉身崇高的面貌，
在这世上取代了失去的不朽……
你的脚践踏着我们路上的蠕虫，不是罪愆，
你拧干了我们灵魂的衣衫，亦非恶习；
为你牺牲，我们可以抵达天空，起码成为烟尘，
被你摧毁，我们兴许可以登上星辰!
　　　　将全部的灾难之干留给我们，
　　　　你，顺手仅仅采撷罪孽之花。

十四行（之十）

爱是天赋：漫游时，你又怎能给它套上缰绳，
你又怎能让它背负着你的大鹳咚咚小跑？
狮子撕咬我，不是罪愆，放荡也不算，
荣耀同样是头野兽，长着尖牙和魔爪。
为了赢得你，我敲击天空和地狱，不朽，
我折断时代和——创世主吟咏者——的翅膀，
我将骄傲置于你脚下，期望你来成就我的死亡。
可你那颗骄傲的心，多么甜蜜的断头台！
凭借崇高的背离，傲慢的异端，
我们缝制蓝色的飞翔，在古老的沼泽上方，
生活亏欠我们，我们赠予它一首诗，
有一天，它会倾听，就像倾听一位主人：
　　我们两人将给世界留下一个不变的灵魂，
　　因为，我们和永恒说着同样的语言。

十四行（之十一）

你会明白，哭泣常常是一颗露珠，
满怀同情，滴落在干涸的心灵上：
它，将整片天空聚拢在崭新的颗粒中，
用久已忘却的目标，浇灌你的根系。
一滴纯净的泪水是爱的天赋：
得救者将惨败着从重重地狱提升……
唯有一滴在目光的天际为你闪烁，
你便用清澈的眼睛看待世界，像扫罗[1]。
在死亡的那边，上方，一块应许之地
赋予我们，那里没有眼泪，没有叹息；
但在那里，如果我们分离，缺少
为我充饥的吗哪[2]，我能有何作为？
　　　　你若不和我一起，吹口气为我将你抱紧，
　　　　我会在号啕大哭中学习永恒。

1　扫罗：《圣经》中的古以色列之王。
2　吗哪：《圣经》中所说古以色列人在旷野四十年里所获得的神赐食物。

十四行诗（之十二）

我在毁坏你的名声吗？请允许我对你说，
天才的海洋，有时恰恰会将遗忘淹没。
谁能去玷污大海？又能以世间什么面目
去玷污大海？更甭说一个可怜的疯子了。
我曾打击过你的人生，我，粗鄙的威利[1]：
我没能抵达你那突如其来的显赫！
那时，谦卑地，双膝跪地，我斗胆
恳求你下凡，走进我虔诚的内心深处……
我用影子诠释你女王般的光芒，
我的诗行，犹如眼睛，热泪盈眶。
我像咿呀学语的婴孩那样，模仿着你，
而在激情中，词语听起来会变形走样……
　　　　可你是永恒的太阳：起码片刻，请你
　　　　原谅我，像只可怜的飞虫，在你的光中嬉戏。

1　威利：北欧神话中创造世界和人类的神。威利这个名字还象征着“精神”。

阿莱克山德鲁·特奥多尔·斯塔马蒂阿德

（一八八五年至一九五六年）

罗马尼亚著名诗人、短篇小说家和翻译家。出生于布加勒斯特一个军人家庭。完成学业后，曾在阿拉德和布加勒斯特担任法语教师。一九〇三年，遇到马切东斯基，得到赏识，因马切东斯基的举荐正式步入文坛。一九一八年起，担任《文学人》杂志编辑。他的创作深受马切东斯基的影响，追求绚丽、奇特、音乐性、神秘性和异国情调，具有浓郁的象征主义色彩，但手法更加自由，他也因此被列入罗马尼亚象征主义诗人的行列。除诗歌创作外，还写短篇小说和剧作，并大量译介外国文学，翻译过梅特林克、波德莱尔、王尔德，乃至波斯的海亚姆、中国的李白等诗人和作家的作品。“二战”期间，离群索居，生活陷入困境。代表诗集有《金号》《黑珍珠》《大门紧闭的城堡》《记忆的队列》等。

你曾是我的

你曾是我的，整个，从脚跟到头顶：
你蔚蓝的眼睛，犹如蔚蓝的天际，
犹如梦，犹如蓝宝石，
蔚蓝，犹如大海，
它们曾经是我的！
在人群中，我埋葬了
爱情，
甚至还埋葬了
艺术；
我曾埋葬于它们清澈的水流中，
但它们清澈的水流如今已然浑浊！
你曾是我的，整个，从脚跟到头顶：
你纯净的嘴巴，犹如婚礼上的酒杯，
犹如露珠般的眼泪，
纯净，犹如金葵花，
它们曾经是我的！
至今我还能感受到唇上的芳香，
而那镶在边上的富丽紫缎
犹如血色的边饰——
享乐的迷醉已令色彩枯萎！
你曾是我的，整个，从脚跟到头顶：
你的金发，纤细而又柔顺
犹如精致的丝绸，
犹如秋日的微笑，
犹如月亮的光束，
常常将我们笼罩在空气的披风中，
笼罩在熔化的金子那生动的瀑布中！

你曾是我的，整个，从脚跟到头顶：
你石头般的乳房，圆润，犹如圣杯，
活泼，犹如早晨，
白里透红，犹如光环，
我曾任它们猛烈击打，
犹如受伤的鸟儿的一对翅膀，
随后，还是我，突然间
又永远地冻结了这汹涌的击打！
你曾是我的，整个，从脚跟到头顶：
你的臂弯，蓬勃青春的奇迹，
精雕细刻，犹如凿子的杰作，
敏感，犹如波浪。
比永恒的雪还要白，
它们曾经是我的！
今天我依然能感觉它们如何将我环绕，
犹如湍急的河水，
犹如一串冰项链，
犹如盛开的玫瑰编织成的白色花环！

你曾是我的，整个，从脚跟到头顶：
你绝妙的小腿肚，
健壮，犹如盛春的生机，
醉人的甜美，犹如成熟的杏子，
它们曾经是我的！

而我的唇常常
为它们挥霍，
绵绵不绝的桂竹香，
有时，堆积成山的鲜红玫瑰！
你曾是我的，整个，从脚跟到头顶！

百　合

啊，昔日洁白的百合，
散发出幽幽的芬芳，
那是神秘爱情的芬芳，
今已枯萎，今已熄灭。
啊，昔日洁白的百合，
散发出幽幽的芬芳……

哦，勿触碰白色的花儿，
它们的花瓣将会凋零，
我的生命也将变成荒漠，
它们全都是你的记忆。
哦，勿触碰白色的花儿，
它们的花瓣将会凋零……

忧伤的旋律

我的心中常常充满
墓穴般黑色的沉默，
一缕缕失去的记忆，
生动回荡犹如回音。

回荡，生命在追寻，
万物都似阴沉大海，
万物都在嘤嘤呻吟，
灯塔熄灭已经久远！

秋　天

黄铜的叶子，漫游的鸟群，
眼泪，叹息，苍白的少女——
秋天！

遗忘在花瓶中的花朵，尘土飞扬的路途，
嘶哑的，渐渐消失的钟的当当响声——
秋天！

刺耳的歌声，荒芜萧瑟的天际，
某处，远方，阵阵的尖叫声——
秋天！

没有星星的夜晚，支离破碎的梦，
一滴滴血，寒冷，孤寂——
秋天！

红色的书架上，黑色的书架上（组诗）

一

窗外，雨在下着，雨在下着。
今天，在我忧伤的房间，
红色的书架上，
我发现了一枝
白色的晚香玉，
黑色的书架上，
一朵比你的金发更加金黄的玫瑰！

二

不幸而又可爱的花朵！
城堡女主人怎样的手，
怎样陌生、战栗、精致的手
无情地将你们折断！
或者，也许是疯狂的暴风雨将你们收割？
你们是如何进入我忧伤的房间的？回答我！
我忧伤的房间，唯有月光才能照进，不经检查！
什么秘密的快乐，什么意外的消息
可疑地隐藏在
忧伤，羞涩，芳香四溢的花瓣中？

三

寂静围绕着我，
窗外，雨已停息，
唯有思绪在回应
并翻检如此久远的曾经时代的故事。

四

一个紫色的夜晚，
花园散发出歌声，私语，
形状和色彩，
奇异的微笑，
难解的格栅的魅力。
蓝色的树林中，
丝绸般的叶子，
犹如阿拉伯式花纹的精致枝丛，
近乎熄灭的光
开始在紫色的圣灯里闪烁，
此刻，在激动中，
重又放出光芒。
那些象牙长椅，陷入神秘的阴影，在孤独地做梦。
小径上的沙土如此鲜红，看上去犹如一条血河。
此时，花园显现，
仿佛一座梦和色彩编织而成的童话天地，
但在深处，城堡
黄铜大门
右边和左边各自伫立着一位斯芬克司把守。
而在筑有雉堞的钟楼上，微风吹拂的时候，
会响起悠扬和谐的金钟声。

尖形的窗户，装饰着红色、蓝色和绿色的彩色玻璃，
四角各带一个石头阳台。
瞧，池塘——迷人的镜子——
当阳光凯旋般
照临时，
会变幻成一道道从未见过的彩虹。

五

寂静主宰着花园和城堡。

六

高处，那扇绿色窗户突然打开。
她出现。
一道影子——在迷人的镜子上——此刻显现出隐约的轮廓：
月光下，一串洁白的珍珠片刻闪烁，
窗户关闭。

七

城堡女主人从蓝色的台阶上走下，
绝美的披风，绣着百合纹章，
长长的裙子，拖在蜿蜒的台阶上。
王子正在下方等候，
手持插着精美羽毛的头盔。
他们此刻相拥在一起，
红红的唇，
如歌的声音，
眼睛像黄玉，闪烁着点点星光。

他们犹如两个影子，消失在蜿蜒的小径上。
野鸡和孔雀扬起头，露出惊奇的神情。

八

魔幻的镜子上，一只小船在轻盈地滑行，
船上两个人影清晰可见——
一边，天鹅成群，悠闲漫游，另一边，他们划着桨
渐渐消隐在远方。

九

月亮躲藏了起来，
紫色的圣灯中，光在摇曳，
随后熄灭，黑暗弥漫……
窗外，雨重又下着，
枯萎的花瓣，在红色的书架上，在黑色的书架上。
窗外，雨在下着，雨在下着……
此刻，就连思绪都已疲倦，渴望着坠入梦乡。

乔治·托普尔切亚努

（一八八六年至一九三七年）

罗马尼亚著名诗人和散文家。出生于布加勒斯特。童年曾一度随父母到外省生活。读中学时，回到布加勒斯特。中学毕业后，曾进入大学法律系就读，后转到文学系，但没能完成学业。一九〇四年，开始发表作品。一九一一年，定居文化名城雅西，就职于《罗马尼亚生活》杂志社。一九一三年，应征入伍，曾在第二次巴尔干战争和第一次世界大战期间被派往前线。一九一六年被俘，两年后获释。他在后来出版的回忆录中专门写到了刻骨铭心的战争经历。

托普尔切亚努的创作以诗歌为主。他是古典诗歌的传承者，但并不因循守旧，特别注意吸纳各个流派的精华。幽默，机智，生动，清新，情绪饱满，是他诗歌的主要特色。他创作的大量戏仿诗歌和儿童诗歌让读者耳目一新，也影响了不少后代诗人。代表诗集有《独创的戏仿》《欢乐和忧伤的谣曲》《苦涩的扁桃树》等。

歌

你多么美丽，我的森林，
当阴影依然稀疏的时候，
一缕春风微微吹拂，
在枝丛和枝丛之间游荡……

当紫罗兰从凋零的叶子下
露面，陷入阴影的时候，
我正穿越稠密的幼树林，
内心里翻腾着种种思绪……

当一条条充满阳光的小径
在露珠下熠熠闪烁的时候，
你多么美丽，我的森林，
又多么孤独，同我一样……

乔治·托普尔切亚努

四行诗

哦，我多想变成一朵花，
一只煦风携带的毛脚燕——
那样，我便能片刻忘却
你在哪里，我又在何方……

私　语

忧伤的夜晚将我们分离，
那时，你也许会听到周遭的
叹息，振翅声和喽喽的私语……
正是我的思恋，从远方来临，
疲倦地倒在你身旁进入梦乡，
乖巧，犹如一只夜晚的蝴蝶
躺在你的头边，就像躺在一本
自动闭合的书上，
当你感到睡眠将我们分离的时候……

门 口

犹如那晚星，
我被黑夜吞噬，
黑夜蔓延，
在我的周遭。

当所有过往
在内心湮灭，
一片艰苦的荒芜
随后降临……

从前岁月里
珍贵的圣像
此刻仿若
一缕遗失的梦……

再靠近些，
伸出你白皙的手，
和黑亮的眼，
好让我亲吻！

死神的羽翼
将道道阴影
投向那些不幸的
被征服者。

全然的孤独中，
我感觉沉重的睫毛
怎样覆盖住
熄灭的双眼……

浪漫曲

哦，逝去的爱的梦幻！
我多么孤独——迟到的雪
点缀着寂静的小径，
公园里依然寥无人影。

又见一排排栗树和白杨。
叹息声声在枝丛间回荡。
此刻，我怯生生地走近
那把你曾坐过的长椅。

我的心开始剧烈地跳动。
一片枯干的叶子从高处
飘舞着落在长椅上，
一片来自往昔的叶子……

诗　人

英俊得就像情节剧中的主角，
他摆出各色各样造作的姿势：
侧面……四分之三面部……正面……背面。
无论什么姿势，他都露出贵妇般的微笑。

就连铁卫队[1]员都知道他的大名。
他成了一个人物。
每天都登上名人头条
像个气球，在广告中越吹越大。

他写啊写啊……什么都不擦掉，
总感觉自己正“大步前进”，
终有一天会征服巴那斯山[2]。

进门时，总是一副傲慢的模样，
人们彬彬有礼地割掉他的鼻子，
但很快它又长了出来，而且越长越大！

1　铁卫队：“二战”期间罗马尼亚的法西斯组织。
2　巴那斯山：希腊神话中太阳神阿波罗和缪斯诸神的居住处。

肖　像

她的眼睛大大的，
她的嘴巴小小的，
她的身材健壮诱人，
她的姿态猫样造作。

她的欲望没完没了——
炉灶中隐藏的火焰，
她的双臂柔软似水，
她的心肠坚硬如石。

春天狂想曲

一

高处，经由沉睡的枝丛，
一群金黄色的
小天使
手执一枝枝
紫罗兰
　　　　飞入盛大的奥秘
　　　　在夜晚，挥霍着
　　　　一串串珍珠
　　　　从银色的篮子里。
春天，你将它们赠予谁？
春天，你将它们留给谁？

二

柔软的蒸汽从花园里升腾。
地上，蚂蚁们已然启程。
黯淡的屋顶在光中
朝向天空伸出无烟的纵队。

篱笆边，土地微微发干，
甲虫纷纷爬上墙头。
一扇扇麻木的窗户打开，
邀请阳光和风进入房间。

阳台上
廊道里
白色的薄纱
在阳光中招展。
村妇们走出家门
蜜蜂般敏捷，
秀发在风中飘扬，
人人都在忙活。
有些在打扫，
另一些在拍打
毛毯和地毯上的
灰尘。

花园中央，一棵幼小的苦杏树
捻开刺一般的枝丛，
唯恐花的薄纱
会从头顶飘落到脚下。
它同白色的枝丛
醒得如此之早——可以说
生命中还是第一次
遇见这样的奇迹。

一朵苦行僧般的白云
将所有银子
聚拢在裙摆处。
天空湛蓝
犹如一片
瞳孔缩小的花瓣。

三

强烈的阳光照着丁香，
甲虫在轻盈飞动，
　　　　燕子发出
　　　　细微的声音，
还有紫罗兰和花刺……
春天，你到底从哪座
人们未曾梦见的天堂，
携带着骄傲的队伍
披荆斩棘，来到人间？
在风的长长的丝绸中，
你降临大地，
给田野留下
　　　　蒲公英
　　　　鲜艳的金黄，
蔚蓝的池塘和阳光照耀下
刚刚融化的雪，
给发霉的丘陵
留下天鹅绒般的耕地。

你向着高处不停地赶路，
沿着离去的冬天的足迹，
沿着铺展在树根处
雪的拖裙……
灰鹤高高的路径，
陌生的向导，
年复一年，调整着
你神秘的步履，将你诓骗到
银色原野

半透明的区域。
你在那里停住脚步，
唯有闪烁的雪上
你那轻盈的足迹
在白色的幽灵上
留下了脚蹬豪华绣花鞋的
香堇菜的印痕……

春天，你在哪里？

埃米尔·伊萨克

（一八八六年至一九五四年）

罗马尼亚著名诗人、剧作家和文学评论家。出生于当时尚属奥匈帝国的克卢日市。小学和中学时，接受匈牙利语教育。少年时就表现出对文学的浓厚兴趣。青年时期，积极参加各种文学和政治活动，宣传社会主义思想，坚定地支持罗马尼亚统一，并以自己的方式为一九一八年罗马尼亚统一做出过贡献。在文学领域，他不遗余力地为象征派诗歌和现代派文学鼓与呼，并身体力行，创作了大量具有象征派和现代派色彩的作品，被誉为罗马尼亚象征派诗歌和现代派文学的先驱。诗歌创作上，他摒弃了传统主义手法，写出了不少自由体诗和散文诗。生命，死亡，迷惘，爱情，变幻，常常成为他诗歌的主题。罗马尼亚评论界普遍对他前期的创作评价更高。

主要作品有《诗选》《阿尔迪亚尔，古老的阿尔迪亚尔》《散文诗》等。

夜　晚

夜晚深沉的宁静，
夜晚圣洁的故事，
死神在我心中歌咏，
夜晚深沉的宁静。

我那春天的歌唱
消隐在泥块中间，
死神白色的手将我捕捉——
我在哭泣中凝望着星星。

那里，有我生命的生命，
那里，悲伤没有面孔，
那里，没有疼痛和雾霭，
那里，生命尚未开始，
那里，死神并不沉默，
哦，我想成为星星，迷失在永恒之中！

等　候

我总在等候，但又不知等候什么。
我等候一位姑娘出现在我的面前。
我等候一声诅咒，抑或一支歌曲，
我不知在等候什么。

我点亮眼睛等候。总是没有来临。
恶，或者善，都没有来临。
所有的死亡都在我心中死去，
所有的生命都在我心中重生。
还是没有来临。

我在等候，我在等候。但不知在等候什么。
我在等候，光明还是黑夜？
我在等候，生命还是死亡？
我在等候，我在等候。远处，
漆黑的私语，正把我召唤……

秋之歌

我的孩子想要捉住一束阳光
他没能捉住，开始哭泣……
他问我：是谁点燃了太阳，
是谁点燃了太阳，然后又用阳光点燃万物？

我的孩子捉住一朵花，硕大、白色的花……
他理解纯洁珍宝发出的声音。
他亲吻花儿，笑得流出了眼泪。哦，生命中，
多少次，你会亲吻花儿，并为花儿欢笑和哭泣！

生命之舟

生命之舟，我的生命之舟
已经折断，
桅杆过于年轻，
风太大——
远处，没有一座灯塔
朝我微笑，
一阵阵风似乎越刮越凶。
生命之海在狂吼，
千万重浪涛扑来……
信仰之晨，
你还会来临吗？……

轮　子

运送的轮子，停止的轮子，
吱吱作响和逃跑的轮子。
犁的轮子。
擦出火花的轮子，小轮子，大轮子，
在水下，在空中，在地上转动的轮子，
我们诅咒和赞美的轮子，
在祈祷中，在天上，在地狱，
倾倒，添加，攀登，坠落的轮子。
处处，轮子绕行并争斗，
从不中断，从不中断。

流泪，流血，歌唱和劳作的轮子，
洗礼，生锈和闪光的轮子。
运动是它们的沉默，噪声，磨碎的年代，
熔化和擦亮，散发出大脑和泥土的味道，
轮子，我歌颂轮子。

哦，轮子，在你们身上，匆匆的人类在运动，
飞翔中，你们超过奔跑的马鹿和风。
轮子，你们搅扰死者的睡梦，
你们关闭又打开门扉的奥秘。

时钟里和塔尖上的轮子，
你们永不停息的运动，给时光戴上镣铐。
向前，你们的声音总是向前。
轮子，轮子，

你旋转，你逃离，你飞翔，
在水面上，在云端上，
你在沉默的磨坊里让水遭受奴役，
你千万次
千万次地旋转。

轮子，哦，轮子，
整个黑夜，整个白昼，
你们四处不停地奔跑，
流着血，被诅咒，汗水蒸腾。
四处都是轮子和轮子。
轮子在水里，在山上，在星辰和人群中，
总是在旋转，总是在旋转，
轮子是人，是魔鬼，是大地、天空和上帝，
总是在旋转。

所有的，所有的轮子，大的，小的，都在旋转。
转瞬即逝的春天，云朵和芳唇，
轮子旋转，在蚊子的羽翅上，
花丛中看不见的轮子。
不停地奔跑，攀登，又坠落。
绿色的轮子抖落松树上的鸟巢。
轮子分解彩虹，
歌唱的轮子，痛苦的轮子，旋转着我。

“它们何时停息？它们何时停息？
黑暗和光明的轮子？
生命和死亡的轮子？
这一被诅咒的奔跑何时才能停息？”
永恒的管风琴及其轮子回响：
“永不停息！永不停息！”

血的轮子在我内心旋转。
我的目光渐渐圆润，心脏在乞求安慰。
灵魂，犹如一只阴影轮子，不断生长，
我跪倒在地，眼里满含着滚圆的泪水，
我时而大笑，时而诅咒，时而哭个不停：
那个造出轮子的人在哪里？在哪里，在哪里？

尼基弗尔·卡拉伊尼克

（一八八九年至一九七二年）

罗马尼亚著名诗人、神学家和政治家。出生于伊尔福夫县布尔布卡塔镇。先后在布加勒斯特和维也纳攻读过神学专业，参加过教堂唱诗班。毕业后，本想成为神甫，但未能如愿。曾主编《旗帜》《思想》等杂志。一九〇六年发表第一首诗歌。诗歌中常常表达对土地的迷恋和对祖国前途的担忧，情感真挚，饱满，动人心魄。在罗马尼亚文学史上，卡拉伊尼克是位有争议的诗人和政治家。评论界肯定他在诗歌创作上取得的成绩，但对他在政治上表现出的狭隘的甚至极右的思想持批判和否定态度。

采摘葡萄

葡萄园披上一块八月的纱巾。
深紫，铁锈，鲜红，
那些葡萄好似金黄色的乳头，
每一粒都鼓胀着新鲜的汁液。

采摘者从木桶里倾倒，
邀我品尝他们的快乐——
这是生命丰富的燔祭，
一份秋日礼物打断我的欢笑。

葡萄园结出充裕的果实，
我突然心生强烈的渴望，
想要你那未被粉碎的生命，

仿佛粒粒葡萄倒进酒杯，
我压榨着你的全部，凭着一份
信念，并止住世间的叹息！

土地之歌

丰饶的土地，神圣的土地，
你是我的摇篮、居所和墓地，
你朝着同样的星辰举起
你的信念，我的信念。

把虔诚献给你，良善的土地！
祖先的往昔在你心中沉睡，
保存着，过去岁月的钻石，
你的宝藏，我的宝藏。

当你在疯狂的马蹄下呻吟，
边界已被敌人深深地撕裂，
在巨大的愤怒风暴中挣扎着
你的痛苦，我的痛苦。
激发我内心勇猛的力量吧！
当我配得上请你赐我泥土时，
在遗忘的墓穴旁，为我种上紫罗兰：
你的爱恋，我的爱恋。

用停息的心遗留的激荡
为我编织挺拔大树茂密的树冠——
通过骄傲的树顶，你朝着星星攀登：
你的希望，我的希望。

哀　歌

这些云杉茂盛的树顶
在天空滴下点点树脂，
这些丰饶的葡萄园
将绿色旋涡倒在墙垣，
明天我再也见不到它们，
明天我再也见不到它们。

这些绚丽耀眼的流星
转瞬间便从天空坍塌，
这些透明清澈的圣杯，
在嘴唇染上带血的白霜，
明天我再也不会知道它们，
明天我再也不会知道它们。

这些热情友好的手臂
温暖地握住我的手臂，
阵阵心跳在中间穿越，
这些热情友好的手臂，
明天我再也无法将它们紧握，
明天我再也无法将它们紧握。

这些刺人心肠的歌曲
我用低沉的嗓音歌唱，
（这些曾经燃烧的炉灶，
我留下仓促火焰的灰烬）——
明天我再也不能将它们歌唱，
明天我再也不能将它们歌唱。

我曾经活过

哦，死神，我并不惧怕你的漆黑，
我曾经活过——
我知道你终将来临。因此，我并不呼唤你。

倘若上帝从普遍的
盛大的卑微中特别辨认出我，
那是为了让我更加深刻地感受：我曾经活过。

怀着蜜蜂的饥渴，我从女性
花园中聚拢仙露，
可爱情的蜂蜜已让我深深地中毒。

金子的瞬间和灰烬的时刻
我都同朋友们一起分享，
我想通过彼此，让我和他们都变得更加美好。

高处，在没有着落的路上，
我的脚步践踏尖利的石角，
脚跟下常常遭遇深渊。

雷电为我赢得期望，
那高高的橡树，
期望又不断催生出其他期望。

生命中，我的信念犹如峭壁：
无论命运的铁榔头如何击打，
都无法将它粉碎，仅仅擦出几点火星。

当我所建筑的坍塌时，我重新建筑；
虽然我无法同工匠马诺莱[1]媲美，
但我总在建筑：我曾经活过。

常常，以血的劳作为代价，
我将整个天空折射在
欢乐那清澈见底的深潭中。

哦，死神，我并不惧怕你的漆黑，
我曾经活过——
我知道你终将来临。因此，我并不呼唤你。

你——临时雇用的执事，
当生命的礼拜结束时，
你熄灭祭坛上所有的灯盏。

我曾经活过。

---

1 马诺莱：罗马尼亚民谣《马诺莱工匠》中的主人公。《马诺莱工匠》讲述了一个凄婉而动人的故事。工匠马诺莱奉命为君主建造一座辉煌无比的修道院。马诺莱率领九名工匠开始了修道院的建设。他们不辞劳苦地工作着。可是，白天砌好的墙壁，到了夜间就会坍塌，如此不断反复。马诺莱和工匠们痛苦不堪，却又束手无策。一天晚上，马诺莱在梦中得到一个神启：唯有将一个生物砌进墙壁，方能确保墙壁不倒。马诺莱立即唤醒工匠们，将这一神启告诉了他们。他们对墙发誓，要将第二天早晨遇见的第一个生物砌进墙壁。殊不知，第二天早晨，第一个出现在他们面前的竟是前来送饭的马诺莱的妻子安娜。为了信守诺言，也为了修道院的建成，马诺莱忍受着巨大的悲痛，将自己的爱妻活活埋进了墙壁。不久之后，一座世上最为辉煌的修道院终于建成。

那些不在的人在哪里？

我曾问风，矫健的飞马，
白云骑着它朝蔚蓝色的
大地边缘不停地奔驰：
那些不在的人在哪里？
那些不在的人在哪里？

风回答：他们无形的
翅膀在飞翔中征服我。

我曾问光明的云雀，
执着的圣灯，总在为圣歌
源源不断地提供着橄榄油：
那些不在的人在哪里？
那些不在的人在哪里？

云雀回答：他们已藏在
那神秘莫测者的光中。

我曾问猫头鹰，长着
球状眼睛的盲者，能在黑暗中
看到词语难以捕捉的奥秘：
那些不在的人在哪里？
那些不在的人在哪里？

猫头鹰回答：当**大黑暗**
降临的时候，你将会看见。

一缕秀发

哦，夫人，我在度过作弊人生，
你神秘的游戏已令我筋疲力尽，
所有的故事中，你总是居于前端，
你毫不隐藏，可我却无法将你找到。

一次次远离你根本难以远离，
你无处不在，你原谅，调整，抚慰，
你的一缕秀发将我分开，
然而，任何那边的那边，你都已留下。

伊昂·彼拉特

（一八九一年至一九四五年）

罗马尼亚著名诗人、出版家和翻译家。出生于布加勒斯特一个富裕家庭。在皮特什蒂市度过童年。在布加勒斯特读完中学后被送往巴黎继续学业。曾在巴黎索邦大学同时攻读历史、地理和法律。但他的关注点一直在文学上。大学期间，大量阅读法国文学作品，尤其是诗歌作品。回国后，积极参与创办文学刊物。一九一一年登上诗坛。在诗歌创作上努力汲取各种养分，将传统和现代融为一体，手法灵动，诗风多变。他的诗歌自由，开敞，充满宁静、沉思、好奇和对美的敏感。

在四十年的文学生涯中，出版过《在阿尔杰西高处》《清澈》《绿色笔记本》《一行诗》《瞬间的永恒》《时间的影子》等十余部诗集。还翻译出版过雅姆、里尔克、波德莱尔、圣琼·佩斯、瓦雷里、弗罗斯特、艾略特、歌德等众多外国诗人的诗作。

你梦见一座城堡

你梦见一座城堡，坐落在海边……
一只只灰鹤经过城堡，飞向他乡。

天上，一朵朵白云飘逝，拽着大地朦胧的影子……
一只只帆船在风中摇曳，疾行。

你默默地走进城堡，四处溜达……
唯有水的呢喃在远处回响。

你登上石阶，抵达高耸入云的尖顶……
只听见灰鹤羽翅发出阵阵的扑棱声。

城堡永远在沉睡：一座奇特的墓园……
我望着它，突然感觉那死者就是我。

秋之歌

树叶缓缓飘落，渡口的河水在哭泣，
黑夜中，秋季牧号发出悠长的回声。

点点光亮在菩提树枝间静静舞动，
月亮的火焰正经受着魔法的筛选。

流浪的云，一朵一朵时刻都在飘逝，
在无边的原野上，在荒凉的飞翔中。

无言的痛苦，伴随枯萎的落叶
在寂寥空茫的心田徐徐地铺展。

短暂之歌

心灵：铺展在夜晚之上的天空，
夜晚，忧伤得犹如银色的琴音，
你内心的鸟儿，经由什么
魔幻的迷宫在悠然飞翔？
白昼，戴着死亡面孔
露出短暂的笑容，
岁月，如烟的猎犬！
多么近，多么远
我都无法摆脱你。
无论开花，无论荆棘
我都坚定伫立，与根相连，
一如天空之钟那样久长。

我书写——可文字即刻冻结。
我歌唱——但声音瞬间消隐。
灰烬中，缕缕思恋祈求
永恒和生命。
紫罗兰，深深的花
通过片片枯叶生长。
不要为春天哭泣，
也不要为沮丧的爱情悲伤。
灵魂啊，秋天，树叶，
记忆，统统依靠你飞翔，
它们都曾是梦和诱惑：
打造轻盈的翅膀，为它们。

黄昏中的歌

你的小提琴琴弦在哭诉。
一支十分古老的歌
在琴弦上摇曳。

缕缕微风从山间吹来，
收割后，被雨打湿的
干草的气息从河谷吹来。

而纤细的玫瑰，开满廊亭，
朝你倾过身来，仿佛朝向光明，
清凉的花瓣，轻轻抖落。

钟

它将留下我的爱，你的爱……
哦，忧伤的钟，用基督的声音预言。

一个念头在折磨着我：你瘦弱，圣洁，
命定又不可战胜的身躯不要献给我的火祭。

我的爱，岁月流逝，我们终将彼此相忘……
可此时此刻，你来临，幻觉便纷纷凋零。

缓缓地，当我们在遗忘和夜色中停泊时，
什么样的情感波浪将把你戏弄？

诗　人

我属于外人，但村庄就在我心中；
它同村里的一切存活于我的灵魂。
我感觉到它们正渗入我静脉中的血液：
那些树木和房屋，那些好人和坏人。

天空，田垄，爱恋，苦难，
欢呼和诅咒，都已全然融为一体——
整个宇宙浓缩于一座村庄……
哦，主啊，将它解开，就像解开一个线团。

神秘的时钟

神秘的时钟，你均匀的跳动
犹如船桨敲击着海浪，
我走向我，从遗忘到遗忘，
以均衡的节奏。
孩童返回他的宅屋，
岁月在古老的沉醉中
在我此刻的故园
呼唤我的过去。
神秘的时钟，我在你的树荫下
安顿曾经的日子，和天际。
从变迁至变迁中，请重新给我
一个环状灵魂。

星 星

在夜色的窗户里
一颗星星闪烁，
离那个额头抵在
窗框上的孩童很近……

在幸福的思念中
他用手触摸着
纤瘦而又蔚蓝的
发光物。

阿德里安·马纽

（一八九一年至一九六八年）

罗马尼亚著名诗人、剧作家、艺术评论家和翻译家。曾在布加勒斯特大学攻读法律专业。一九一二年，出版第一部散文诗集《蜡像》。罗马尼亚不少评论者基于诗歌内容，将他视为传统主义诗歌的代表诗人之一。虽然诗人将乡村景致和乡村风俗作为自己创作的重要主题，但他所运用的诗歌语言和手法却十分现代，有时甚至具有先锋派色彩。他其实是个开放的、具有自由精神的诗人，特别注重吸纳和融合传统主义及现代主义各个流派的精华。他也是罗马尼亚最早写作自由体诗歌的诗人之一。他的诗作画面感极强，富有生气和诗意，充满了令人难忘的细节。主要诗集有《在土地身边》《通往星辰的路》《乡村之书》《爱情和死亡之歌》等。

泉水边的十字架

灰色的牛群，跪在泉水边，喝得心满意足；
硕大的牛，在青草的沙沙声中，闭上沉重的颜色的眼睛，
用尾巴拍击着蝇虫；悠扬的叮当声缓缓响起；
牲畜群，紫翅椋鸟，太阳的光焰，在荒草地上相互追逐。

古老的金子滴落在提桶里；白昼弯曲着身子，渐渐消隐……
一头黑色的公牛起身，站在黄色的傍晚，发出哞哞的叫声，
在战栗的吱吱作响的十字架上，摩擦着身上的癞子。
十字架上可见一幅彩绘，残废的基督扭曲着，沉入夜色。

古老的夜晚

太阳在碾碎一朵朵火焰。
黄色的私语，从菩提树传出，
在树干下徒然地流淌。
经过金色的林荫路，
在涂了油的绳套旁，
长着花纹的金翅雀在刺中发情……
军队的号角久久回响……
秋天，天空更加辽阔，
周边的树叶纷纷凋零。
原野上，一个个消息在流血。
发芽的麦子遁入黑色。

我等候着风再次吹起，
好让叶子在夜里安睡……
驴子点亮火的眼睛。
异域的长毛犬开始吠叫，
朝着吉卜赛营帐里战栗的炭火，
朝着苍白的月亮的游戏。
猎人们尾随着畜群，
躲在黑色的草丛中。
远处，河水在呜咽……
又一天流逝，宛若一片叶飘落。

迷　失

长满黑树的林荫路，
通向狭窄弯曲的房屋，
夜晚，在树丛中传来的呱呱叫中降临。
我曾在此度过童年。
今天，我重返故园。
一棵棵树在风中纷纷断裂。

寒冷，孤寂。

恶毒的夜晚在一步步前行；
我沉入记忆，仿佛走进阴暗的墓穴。
短暂在所有的寂灭中现身，
我已找不见生命，
就连死者也不再存在。

往昔的孩童，此刻，你在哪里？
你究竟是童话还是生命？
在墓园，破碎的十字架下，
被碾碎的棺木兀立着。
用木刺，犬蔷薇摇动着玫瑰。

还需要一只哀嚎的钟发出呻吟。
气候，还有故事，何时变得如此怪异？
没有痛苦，云朵在泪水中塌陷，
而干涩的眼睛，死盯着一切不再存在之物。

古老的月亮之歌

黑色的叶：颠茄……

剩下一块月亮碎片，
甜美的蜜之光，
缩减中的古老月亮，
毫不延迟地脱身，
在更为病态的颂扬中……
从再生草的荒地。

高高的天穹上，
一颗星星也没有……
厚重的云朵在梳理，
在蒸发中坍塌，
黑眼圈猎物在生锈。

古老的月亮，即将消亡，
宝藏陈旧的金子，
企图隐身于天边，
悄悄沉入黑暗，
在非存在的水域，
独自将自己埋葬。

悲伤之歌

可怜的灵魂，你又迷失在何处？
花丛和星辰上，你找到了另一个世界吗？
或者，你已毫不犹豫地融入永恒？
那是另一种没有死亡的生命吗？
抑或那仅仅是我们癫狂的梦，
前方，什么也不存在？……

当美化为尘土时，
你还会存留吗，记忆？
可记忆很快便消失在词语之中……

你的歌，我曾想唱起，
凭着内心所有神圣的情感，
然而，在我内心，就连我自己都已不复存在……

扬·巴尔布

（一八九五年至一九六一年）

罗马尼亚著名诗人和数学家。出生于肯普隆格—穆什采尔市一个法官家庭。在家乡读完小学和初中。在布加勒斯特读完高中后，进入布加勒斯特大学科学系攻读数学专业。因战争，被迫中断大学学业。大学时期，数学和诗歌成为他的两大爱好。一九一八年，发表处女诗作《生灵》。同时发表数学论文。其间，曾赴德国和奥地利准备博士论文。一九二四年起，先后在久尔吉和布加勒斯特大学担任数学老师。一九四二年，晋升为数学教授。多次赴国外讲学和参加数学研讨会。一九五六年，显然不满于当时的文学创作环境，在发表最后的诗作《伯尔切斯库依然活着》后，告别诗歌创作，潜心于数学教学和研究。

巴尔布出版过《捉蜗牛》《第二游戏》等诗集。他的诗作迥异于传统诗歌，艰深，晦涩，难解，对阅读构成挑战。他的诗歌观念也不同凡响。他认为诗歌灵感并非源自爱情、痛苦、愉悦、回味等个人感受，而是源自对整个世界的沉思冥想。这种沉思冥想能够帮助诗人抵达崇高的精神境界，促使诗人越过表象深入宇宙的本质。正是基于这一诗歌观念，他反对任何形式的现代主义诗歌，更反对“陷入惰性的”传统主义诗歌，只追求超凡脱俗的纯粹诗歌。他说：“我们信奉那种具有艰难自由的诗歌：世界纯化到仅仅反映我们的精神形象。一种自我陶醉的纯真行为。”他还把诗歌当作几何学的某种延伸，认为“在几何学的某个高深的领域，数学和诗歌却有一个明亮的交汇点”。在他看来，诗歌，同几何学一样，也代表着某种宇宙存在的象征体系。

虽然巴尔布的诗歌艰深难解，但他却是罗马尼亚文学史上独特的存在，代表着诗歌艺术的无限的可能性。罗马尼亚文学评论界也常常将他同阿尔盖齐、布拉加等伟大诗人相提并论。

第二游戏

从时钟，推断，这一平静山脊的深处，
通过镜子进入赎罪的蔚蓝，
切开乡野被淹没的樱桃树
在水的群组中，一场第二游戏，更加纯粹。

潜伏的天底！诗人举起散开竖琴的总和
在反向飞翔中，你失去它们，
歌声耗尽：隐匿，唯有大海
美杜莎，当她们在绿钟下漫步时。

邮 戳

幽暗河谷中的风笛，或者路上的笛子
缓缓吹响分裂的痛苦，渐趋高亢……
但祈求中的石头，被抢光的黏土
还有天空下订婚的波浪，将如何讲述？

需要一首宽敞的歌，犹如
重重咸海发出丝绸般的沙沙；
抑或赞美天使花园，当烟柱
从夏娃雄性的肋骨中升起的时候。

群　组

监狱在燃烧，不相称的土地，
白天，光束干草在行骗；
但我们的头颅，如果有的话，
呈石灰卵形状，像一个错误。

左面，这么多团纷乱的线头！
寻找一个闭合的手势，概括总结，
否定右边你折断的那一根：
眼睛在切开的原始三角形中，朝向世界？

轨　道

那边，我的早晨，
鲜活的祭坛为你涂圣油：

如同冰岛帮会，云朵
在期望的钟点地图里，

多么机敏，你携带的蛇，
红色的蛇，从天堂缓缓流出，

蔚蓝色带子，采集
从青春花簇上。

******

那些小草长矛
母狗碧奇看守着，

硕大的心脏在乡间沉睡。
山峦，血流到了外面……

黎明对此并不陌生
在水井，在蛇身，在云端。

门

灵魂在白昼立方体中变位。
它们的足迹成为音乐、颂歌——十字架。
四只贝，用海草的烟雾
治愈夜晚颤抖的星星。

天体的面包屑蘸上酒。
精神山峰，一座蓝桥上的物事。
泄露的乐园！天使来临
蔷薇果，闪电般射向索多玛。

世 纪

禽冠纷纷升起，
振翅中，斑纹失去影踪，
太阳蓄意袭击时，
金雕弯身攀援而上。

干旱中间，镰刀霍霍闪烁！
用薄荷草呼唤烧毁的墙垣，
删除一些白色的时间，
在盲山的银子下面。

圣　木

在耶路撒冷山谷，有块圣木，
光植物，土色表皮：
银穗，左边，圣诞树，
右边，路萨丽亚[1]用指环焚烧。

在这块我想清理的木头上，灰尘
无孔不入，陈旧的圣像！
我看到灰尘—露珠，伤口—香火了吗？
变质的，中性的，独一无二的圣木。

1　路萨丽亚：民间神话中的女神，能呼风唤雨。

光 环

新郎，看上去像那女子，
一头长发探进涡旋，
因为平衡的水银，而非吉娅
长长的路向后翻卷；

在这夜晚的锥面，
当我的灵魂坠落
你的盾牌俯身，热烈地
臣服，犹如蜡斑，

生长，在水一样的手间，
你在探寻什么秘密事物？
在世界绿色的山坡下，
你在耕耘一片近视的光芒。

敕　令

这个教皇的月份
是沉睡者的词语，
从克拉的露珠中声音
响起，慷慨，记忆：天——空。

壁炉，另一个木乃伊。
主宰着象棋中的马，
莫斯科，千座尖顶的
绿色，焚毁的呆板偶像。

灼热，装饰：娇惯
无翅的头颅世纪。
——我知道瘦弱的面孔之路，
我知道大气中水性的哭泣。

孔　雀

它在鞠躬，朝东，柔软，
啄食你手里的玉米糊。
蓝色轻拍翅膀，热烈，下摆，
如同杯中白酒的帆布。

树干上，你的疯子头顶婴儿帽
一双极不平等的忧伤眼睛转动，
搓你的手，就像你拧衣裳那样，
打斗中，禽鸟最终折了脖颈。

卢齐安·布拉加

（一八九五年至一九六一年）

罗马尼亚著名诗人和哲学家。出生于阿尔巴尤利亚市让克勒姆村。父亲是一名乡村东正教牧师。十三岁时，布拉加失去父亲，母亲将他送到布拉索夫，在亲戚的监护下，继续上中学。第一次世界大战爆发时，布拉加进入锡比乌大学攻读神学，一九一七年毕业后，前往维也纳大学专攻哲学，并于一九二〇年获得哲学博士学位。一战结束后，布拉加家乡所在的特兰西瓦尼亚地区回归罗马尼亚。布拉加学成后回到家乡，他最大的愿望是到大学任教，但最初求职未果。一九二六年，进入罗马尼亚外交界，担任过文化参赞和特命全权公使。一九三六年，当选为罗马尼亚科学院院士。一九三九年，他终于如愿以偿，来到克卢日大学，创办文化哲学教研室，成为文化哲学教授。一九四八年，由于拒绝表示对当局的支持，布拉加失去教授职务，并被禁止发表作品。一九六一年五月六日，含冤离世。

布拉加上大学时开始诗歌写作。一九一九年，处女诗集《光明诗篇》甫一出版，便受到罗马尼亚文学界瞩目，并获得罗马尼亚科学院大奖。接着，他又先后推出了《先知的脚步》《伟大的流逝》《睡眠颂歌》

《分水岭》《在思念的庭院》和《可靠的台阶》等诗集。除诗歌外，他还创作出版了《工匠马诺莱》等八部剧本，以及大量的哲学和理论著作，其中最具代表性的是他的文化哲学四部曲《认识论》《文化论》《价值论》和身后出版的《宇宙论》。

在布拉加的所有成就中，他的诗歌成就最为引人注目。布拉加明白诗歌处理现实的方式不同于哲学处理现实的方式，但诗歌和哲学又不是截然对立的，它们完全有可能相互补充，相互增色。布拉加就巧妙地将诗歌和哲学融合在了一起。他的诗作在某种意义上正是他哲学思想的“诗化”，但完全是以诗歌方式所实现的“诗化”。他认为宇宙和存在是一座硕大无比的仓库，储存着无穷无尽的神秘莫测而又富于启示的征象和符号，世界的奥妙正在于此。哲学的任务是一步步地揭开世界神秘的面纱。而诗歌的使命则是不断地扩大神秘，聆听神秘。于是，认知和神秘、词语和沉默这既相互对立又彼此依赖的两极，便构成了布拉加诗歌中特有的张力。

布拉加的诗歌总是散发出浓郁的神秘主义气息。他坚信，万物均具有某种意味，均为某种征兆。诗人同世界的默契是：既要努力去发现世界隐藏的奥妙，又要通过诗歌去保护和扩展世界的神秘。在他的笔下，“光明”象征生命和透明，“黑暗”象征朦胧和宁静，“花冠”象征存在，“风”代表摧毁者或预言者，“水”象征纯洁，有时也象征流逝，“黑色的水”象征死亡，“血”是液体的存在，象征着生命、祖传、活力、奉献和牺牲，“泪”意味着忧伤、温柔、回忆、思念和释放，“大地”确保人类存在的两面：精神和物质，本质和形式，持续和流逝，词语和沉默……“雨”则是忧郁和悲伤的源泉。需要强调的是，在布拉加的诗歌中，这些意味并不是固定不变的，有时也会随着心境、语境和环境的变化而有所变化。布拉加的诗歌还明显地带有一丝表现主义色彩：注重表现内心的情感、激情、伤感，充满灵魂意识，力图呈现永恒，讴歌乡村，排斥城市，向往宁静和从容。但不同于典型的表现主义作品的是，他的诗歌神秘却又透明，基本上没有荒诞、扭曲、变形和阴沉，语调有时甚至是欢欣的，时常还有纯真和唯美的韵味。

在布拉加逝世几年后，他为罗马尼亚文化所作出的卓越贡献得到公认。罗马尼亚科学院院长、文学评论家欧金·西蒙断言："没有任何一个两次大战间的诗人对后世有着像卢齐安·布拉加那样重大的影响。"

橡　树

清澈的远方，我听见心跳般的钟声
从塔楼的胸口传来，
在甜蜜的回音中
我仿佛觉得
滴滴寂静，而非血液，正在我的脉管中流淌。

林子边的橡树啊，
当我在你的树荫里憩息，
享受着你那颤动的叶的抚摸时，
为何会有如此的宁静
用柔软的羽翅将我征服？

哦，谁知道呢？——兴许
过不了多久人们会用你的躯干
为我造一副棺木，
而我将在木板间品尝的
寂静
在此刻的征象中我已然感受：
我感到你的叶正滴在我的心灵——
默默地
我在倾听那副棺木，我的棺木
怎样随着点点时间
在你的身体里生长，
林子边的橡树啊。

寂 静

周遭如此寂静，我仿佛听见
月光在怎样敲击着窗户。

胸中
一缕陌生声音醒来，
一首歌在我心中歌唱着他人的思恋。

据说，那些过早死去的先辈们，
年轻的血依然在静脉里，
巨大的热情依然在血液中，
生动的阳光依然在热情里，
他们走来，
走来，在我们身上
继续过他们
没有过上的生活。

周遭如此寂静，我仿佛听见
月光在怎样敲击着窗户。

哦，谁知道——再过几个世纪，
在寂静甜美的和弦里，
在黑暗的竖琴中——你的灵魂会在
谁人的胸中，歌唱压抑的思恋
和折断的生命欢乐？谁知道？谁知道？

三种面孔

儿童欢笑：
“我的智慧和爱是游戏！”
青年歌唱：
“我的游戏和智慧是爱！”
老人沉默：
“我的爱和游戏是智慧！”

三　月

风将一束束热情的白云
纺成
长长的长长的雨丝。
轻率的雪片眼看着
就要落进泥沼，
但心有不甘，
又重新升起，
飞到树枝间去寻觅
窠臼。
风，冷冷的，
而蓓蕾，过于贪恋光，
此刻，在衣领中
竖起了耳朵。

思　恋

我渴饮着你的芬芳，用双手捧住
你的脸颊，就像用心
捧住一个奇迹。
我们相互凝望，亲密将我们点燃。
可你依然低语：“我是那么地想你！”
你说得如此神秘，充满渴望，仿佛
我正在另一片国度漂泊。

女人，
你是谁？你有着怎样宽阔的心扉？
再为我唱一曲你的思恋吧，
倾听着你，
时光好似变成一颗颗饱满的蓓蕾，
在瞬间就开放出一朵朵——永恒。

麦田里

麦粒因太多的金子而开裂。
处处可见滴滴红色的罂粟，
麦田里
一个姑娘，长长的睫毛，犹如麦穗。
她在歌唱，
并用目光采集一捆捆天空的晴朗。
我躺在一丛罂粟的阴影下，
没有愿望，没有幽怨，没有悔恨，
也没有激励，唯有肉身
和泥土。
她在歌唱，
我在倾听。
她温暖的唇上，我的灵魂诞生。

传　说

光彩照人的夏娃
坐在天堂的门口，
一边观看黄昏的伤口怎样在天穹愈合，
一边梦幻般地
咬着蛇的诱惑
递给她的苹果。
忽然从可咒的水果中
一棵核碰到了她的牙齿。
夏娃心不在焉地将它吹到风中，
核掉在地上，生根发芽，
长出了一棵苹果树——
接着，一连几个世纪，
又长出了无数棵。
其中有一棵躯干粗壮结实，
伪善的工匠们用它
制作耶稣的十字架。
哦，被夏娃洁白的牙齿
抛到风中的黑黑的果核。

自画像

卢齐安·布拉加沉默，一如天鹅。
在他的祖国，
宇宙之雪替代词语。
他的灵魂时刻
都在寻找，
默默地、持久地寻找，
一直寻找到最远的疆界。

他寻找彩虹畅饮的水。
他寻找
可以让彩虹
畅饮美和虚无的水。

诗　人

纪念赖内·马利亚·里尔克

朋友，我们别再发出徒劳的声音，
召唤那些已故者！
今天，为众人言说，
他没有形体，没有名字——诗人！
他的生命令我们惊奇，
犹如一支含义模糊的歌曲，
犹如一个古怪的异端。
在很久以前的岁月里，
诗人，践踏着词语，凭借男子气概，
忍受住了所有的灾难，
而最大的痛苦，最严酷的痛苦，他在
自己选定的孤独之山中将它们平息。

一个示意，
天空之蓝纷纷坍塌，
时光的分针嘀嗒走动，
仿佛刀刃划过整个宇宙，
在那些岁月里，诗人情愿忘掉同类和家园。
在迷雾笼罩的残酷岁月里，
当人类连同他们神圣的人性和血肉
大量消散时，
人生——假如有的话，
也早已熄灭——天哪，这刚好够
让幽灵在大地上控制躯体。

诗人，隐姓埋名，退隐于
山峦之盾背后，
与高耸的石峰结为朋友。
艰难中，毫不动摇，他没有逃离命运的游戏，
在白色的冬至和黑色的夏至掩护下，
伟大而又孤独。
无论山谷中苦涩的忧虑，还是上帝已劫持
自己化身力量的想法，都没能将他杀死。
无论远处的巨雷，还是近旁的
漆黑都没能将他击中。
有那么一瞬，闪电已经
窜到他门口，
但也没能将他化为灰烬。
他总是在自言自语，
而脚步就是他的誓言。

朋友，请允许我提醒你，诗人
只是过了很久，
很久很久才最后死去，被
浸泡于蔚蓝中的一根刺，
酷似蜜蜂之火的一根刺杀死。

太阳之下，诗人被一朵玫瑰，
一根浸泡于
纯粹的蔚蓝和纯粹的光中的刺杀死。
从此以后，在弯曲的树叶中，
所有的夜莺，震惊于所发生的事件，
陷入沉默。
时光的夜莺，在我们珍稀的花园里，

在那一刻没有征兆、陡然显现的
光中，陷入沉默。

我不知道大地上还有
什么能激励它们
再一次歌唱。

诗 歌

一道闪电
在光中，仅仅
停留一瞬，从云朵
到渴慕的树
同它结合的一瞬。
诗歌同样如此。
独自在光中，
仅仅停留片刻：
从云，到树，
从我，到你。

深处的镜子

当我在井中望着自己时，
我真的看到了生活中自己
现在、过去和未来的样子。

当我在井中望着自己时，
透过我苍老的脸，我猜测
天空和大地如何融为一起。

当我在井中望着自己时，
我明白大地深处，无数母亲
为我手执镜子，世界的眼睛。

当我在井中望着自己时，
我看到自己的命运，忘了名字。

美丽女孩四行诗（组诗）

一

太阳落山时，
不会回头望一眼
城堡上的少女，于是，我自问：
我为何要与太阳不同?

二

一个美丽女孩
是一扇朝向天堂敞开的窗户。
有时，梦
比真理更加真实。

三

一个美丽女孩
是填满模具的陶土，
即将完成，呈现于台阶，
那里，传奇正在等候。

四

多么地纯洁，一个女孩
投向光中的影子!

纯洁，犹如虚无，
世上唯一无瑕的事物。

五

一个美丽女孩
属于天上的生活，
天上的天上，
装点戒指的珍宝。

六

美诞生于美，你就这样
出现，没有任何预告，
就像《一千零一夜》中，
故事孕育故事。

七

一个美丽女孩
是一道轻如炊烟的倩影，
但当她走路时，脚跟
也能拽动土地和道路。

八

一个美丽女孩
是天边闪烁的幻景，
语言的金子，
天堂的泪水。

九

一个美丽女孩
恰似太阳，如此呈现：
古老的路上，新的奇迹，
从露珠里跃出的彩虹。

十

你，美丽女孩，将
梦的延续留给
我们的土地，传奇中
唯一真正的记忆。

在山地湖泊中间

我们在草地上歇息，内心
残存着疲倦，犹如灵魂。
在山地湖泊中间，我们静坐，凝望。
太阳已在西天的银辉中沉落。

透过水晶般的空气，
岩石，松树，山峦，万事万物，
恰恰那更为遥远的一切，
呈现出更加清晰的轮廓。

多么安宁！多么纯洁！
假如我能同湖泊一起眺望，
星星准会一步步靠近，
跑到半路上来将我们迎候。

晦 涩

我的爱
是一篇歌词和一首曲子，
被歌曲覆盖的词，
我难以读懂的词。

我的爱
是一篇为我唱响的歌词，
我稍稍猜了猜歌词，
却一点儿也不明白。

歌声让我折服，
心儿却很沉重，
犹如石头，犹如大地，
我根本听不见歌词。

诗　人

不要惊奇。诗人，所有的诗人属于
独立的民族，绵延不断，永不分离。
言说时，他们沉默。千百年来，生死交替。
歌唱着，依然效忠于一门早已失传的语言。

深深地，通过那些生生不息的种子，
他们常常来来往往，在心的道路上。
面对音和词，他们会疏远，会竞争。
而没有说出的一切同样会让他们如此。

他们沉默，如露水。如种子。如云朵。
如田野下流动的溪水，他们沉默着，
随后，伴随着夜莺的歌声，他们又
变成森林中的源泉，淙淙作响的源泉。

阿莱克山德鲁·菲利毕德

（一九〇〇年至一九七九年）

罗马尼亚著名诗人、小说家和学者。出生于雅西一个学者家庭。在雅西大学读完法律、文学和哲学专业后，前往柏林和巴黎进修哲学、政治经济学和文学。一九二八年回国，曾在外交部和宣传部工作。一九一九年登上诗坛。诗人在创作中常常将认知和探索当作自己的内在动力。他的诗歌中总是弥漫着孤独和苦闷的情绪。正是为了认知和探索，诗人常常在时空中独自漫游，向古代英雄和希腊诸神求助。有罗马尼亚评论家如此形容他的诗歌创作：脚踏着现代的水面，同时又不得不想着在古希腊的天空拍动翅膀。他也因此被称为新浪漫主义诗人。

代表诗集有《华而不实的金子》《被闪电击中的悬崖》《时代轰鸣中的梦想》《巴比伦独白》等。除诗歌外，还著有小说集《深渊中的花朵》等。

秋天的日落

年迈的失明的太阳依然活着吗?

来到西岸，
年迈的太阳精疲力竭，
跌坐在一块岩石上
休憩。

一群饥饿的乌鸦
向西飞去。
——那里，疲惫的天空
坍塌
在绿色的波浪和死亡之上。
波浪间，残存着几只古代帆船，破败不堪，
在北风长期的碾压下
奄奄一息，
年迈的太阳坐在岩石上
难道还在期待着什么?

瞧，此刻，时辰已晚，
风吹拂着天空，仿佛吹拂着一缕烟，
——看啊，最后的乌鸦也已飞去
在西边绿色的冰层上，
——最后的乌鸦朝北飞翔。

可怜的失明的太阳依然活着吗?

徒劳的蝴蝶

我开始同自己分离，
心情更加平静。外面，寒冷，
你不知究竟是秋还是春……
又在下雨吗？不。街上有风。我
开始同自己分离，这样很好。

对自己我已厌烦到了极点，
我望着灵魂，目瞪口呆，实在恶心，
我在内心漫步，像个流亡者，
我上上下下四处周游，
寻找着，寻找着，意识到
空无一人。我对着荒芜吹起了口哨。

在生命之夜的边缘

在生命之夜的边缘，我停住脚步。
许久以来，我一直渴望抵达
漫长睡梦的岸边，
瞧，我的心灵已陷入幽暗，
都已化为尘埃，这么多死亡时刻，曾映照出伟大的梦，
（这些梦沉睡在远处，
在失败的过去的深处）。

多么圆润的声音献出古时的词语
仿佛第一次言说！
我重返古老的河畔，
从前，我曾在此饮水。

宛若蜗牛栖身于扭曲的小窝
我隐藏在忧郁的褶皱里，
随心所欲地开辟着自己的道路。
记忆采撷拉开帷幕。
往昔展开蓝色的总是
被幽暗笼罩的原野：
在夜晚和秋天怪异的
区域里，
睡梦的
姐妹就是
皇后，
时光是一潭死水。
但继续行走，朝向古老的源泉。

宁 静

宛若蜘蛛网，
沉寂在角落里蔓延；
几束光仍在闪烁，孤零零的，
瞧，从墙角处，
梦偷偷来临，
蹑手蹑脚地走进我的房间，
像个孩童。

窗户边，
冷风吹过
好似一位吹奏长笛的老者，
蓝色的背囊里装着这么多梦。

年迈的风，吹奏着飘向远方。
途中唤醒了众多寂灭的回音。
沉寂……白昼闭上眼睛……
今夜，你将对我说些什么，梦？
我在听着你，
黑夜的手指抓挠着我的眼睛……
对我说些什么，但要轻轻地……轻轻地，说许多许多话……

你的话语也会同沉寂相似。

古老诗人的声音

古老诗人的声音，比寒夜里
天上闪烁的星星
更加清澈，
许久许久，我听见你们从远方
一直来到心灵隐秘的角落。

有一次，在山里，我看见一个雾人，
从一个山峰跨向又一个山峰，硕大，透明，
一个新的施莱米尔[1]，
从生命另一边
通过一场奇怪的流亡，抵达这里。

但我，早已习惯于梦和幻影，
在意念中靠近那个雾人，
从分离的天空，
靠近那些声音，那些声音穿越数千年，
漫长的火焰，从一个年代到另一个年代，已统统点燃。

1 施莱米尔：源于德语，意为笨拙无能又十分不幸的人。

维尔吉尔·特奥多雷斯库

（一九〇九年至一九八七年）

罗马尼亚著名超现实主义诗人。出生于康斯坦察县谷巴丁乡。曾就读于布加勒斯特大学语言文学系和哲学系。毕业后，创办先锋派杂志《中学》，并发表了不少诗作。这份带有一点游戏色彩的杂志团结起了一批超现实主义诗人，成为罗马尼亚文学史上的珍贵文献。特奥多雷斯库的诗歌，从一开始就带有浓郁的超现实主义色彩。他以及他周围的诗人塔西库·格奥尔久、杰鲁·瑙姆、盖拉西姆·卢卡、保尔·波乌恩、杜·特洛斯特等被公认为罗马尼亚第二次超现实主义浪潮的代表性诗人。

超现实主义诗人大多支持革命，拥护革命。特奥多雷斯库也不例外。正是由于他的革命姿态，罗马尼亚共产党夺取政权后，特奥多雷斯库先后担任过《金星》杂志主编、罗马尼亚作家联合会主席和大国民议会副议长等重要职务。

超现实主义源于法国，是达达主义的某种延伸和发展。法国诗人安德烈·布勒东被公认为超现实主义的领袖人物。超现实主义借鉴弗洛伊德的心理分析法，把潜意识运用于诗歌写作之中，认为只有梦境、幻觉、本能、呓语等“超现实”的东西才是创作的源泉，主张“无意识书写”，强调对幻觉、梦境等的记录。特奥多雷斯库在追随超现实主义的同时，也有意识地修正了超现实主义的某些极端做法。他在诗歌创作中，并未完全排除读者，也未完全排除意义，而是在一定程度上考虑到了读者的接受能力和诗歌的表达作用。他常常用曲折、隐秘的方式表达自己的情绪、心理、状态和思想。因此，罗马尼亚评论家阿莱克斯·斯特凡内斯库认为：“诗人并未像遵守法律文本那样遵守超现实主义纲领。他从青年时代起就悄悄地背离了它。这一点在他后来的创作中愈发明显。”

在几十年的创作生涯中，特奥多雷斯库出版了《钻石引导着手》《海洋的皮毛》《白纸黑字》《权利和义务》等几十部诗集。

当天空隐藏的时候

当天空在你眼里隐藏，既不是
黑夜，也不是白昼，而是紫色的
天鹅绒矩形，仿佛一只雀鹰
刚刚从利爪中松开它的猎物。

当你的长发是天窗中一片倒置的天空
就像大地上每月的风暴，
当闪电只是一支蜡烛，
而杯中的酒散发出冬日的气息——

我依然在这空荡荡的房间等你
（多少次我必须说出）
毛脚燕般从窗户飞入，犹如
最后的排炮，轰击我的胸膛。

白色武器

这些肯定将成为
未来的武器，
但会比现在更白，
白似夏日中央的
苹果树，
宛若一座新粉刷的乡舍，
可听见孩童的欢笑声
从里面传出。

以你的名义天在下雨

我将是你的情人带着死神丁香直到五点直到你的胯部
因为你的名字始于风的玫瑰始于脊梁里一个钩子
因为无论我怎么翻转它都轻声呻吟
像片蓝色的鱼鳞像只装满骨头的袋子
因为丁香密谋以你的名义
亲爱的女皇穿上幻影以你的名义

因为以你的名义蝴蝶死神之首爱恋半明半暗
以你的名义天在下雨当马鹿弄混头角
以你的名义船头在早晨拉响汽笛
渔民们将钩子掷向鲨鱼脊背
以你的名义人们在索要香烟和水晶地图清澈得令人惊讶
敲在内里的钉子在锈蚀
刺杀幽灵在摩擦匕首
在睡眠那些长长的廊道里晃荡

浸 析

洗完衣服后，
她开始洗手，
手其实也是衣服，
她将它们伸到太阳下，
再将它们挂在钩子上，
结果如此：
没有手，
她比维纳斯更美。

天鹅绒

当你再来时，夜晚在正午降临
鼹鼠们通过牛奶馆
为我带来新月萝卜和鼹鼠巴天酸模
当作食品
当你再来时，水獭皮毛
从我的铁床上跃起，你爬上床
犹如一道古老的香水瀑布
旅途劳顿的骑手们纷纷到来
房屋开始静静燃烧
从冰冷的地窖到顶楼
就像油菜在田里燃烧那样

一级关系

您想脑门上来上一颗子弹？
不，谢谢！
要不腿上？
不。
兴许肚子上？
不，不。
那么，就从后面踹上一脚？
谢谢！我的藏品十分丰富。

畜群徽章

雨水打湿的草地仿佛一座季节图书馆
备有十分舒适的扶手靠背椅
再往前，几个牛棚好似几幢沉没的宫殿
牛群轻声哞叫
土地轻声哞叫
空中，一缕缕干草

又大又重的蜘蛛
编织此网以便捕捉
我们全家和蜂蜜水缸
又大又重的蜘蛛潮湿中
被我们迅速歼灭

“一带一路”沿线国家经典诗歌文库
（第一辑）

主编　赵振江
副主编　蒋朗朗　宁琦　张陵　黄怒波

罗马尼亚诗选

下册

高兴　编译

作家出版社

“一带一路”沿线国家经典诗歌文库编委会

目　录

斯特凡·奥古斯丁·杜伊纳西

（一九二二年至二〇〇二年）

罗马尼亚著名诗人，原名斯特凡·波帕，出生于阿拉德县卡波拉尔乡一个富裕人家。一九四一年考上克卢日大学医学系，一九四四年转到语言文学系和哲学系学习。毕业后，主动要求回到家乡当乡村教师。在乡村生活和工作的七年时间里，广泛涉猎文学、哲学、艺术等领域的著作，同时又大量接触了民歌民谣。一九五五年，离开家乡，定居布加勒斯特。一九六九年起任《二十世纪》杂志编辑和主编。一九八九年罗马尼亚剧变后，当过罗马尼亚议会参议员。二〇〇二年五月二十五日，诗人在布加勒斯特去世。仅仅数小时后，他的妻子在寓所自杀，跟随他到了另一个世界。这一事件当时轰动了罗马尼亚全社会。

杜伊纳西一九三九年开始诗歌创作。由于政治原因，曾在文坛沉寂十余年。一九六四年以后，相继出版了《潮汛之书》《持罗盘的人》《拉奥孔的后裔》《面貌》《另一自我》《纸莎草》《谨慎的季节》《一首诗的内部》等几十部诗集。除诗歌外，还涉足文学评论、美学、儿童文学、戏剧和小说等领域，并出版过不少这些方面的著作。此外，还翻译过大量的外国文学作品。

深厚的文化功底和宽广的诗歌视野使他的诗歌精致、优雅、厚重，充满神秘气息，异常迷人和动人。他还曾长期致力于罗马尼亚民谣体诗歌的革新，力求为民谣体诗歌注入新的活力。长篇叙事诗《长着银牙的野猪》就是他在此方面的代表作。诗人通过民间传说成功地塑造了一个坚韧不拔的理想主义者形象。此诗已成为罗马尼亚诗歌中的经典作品。一九八九年后，诗人在保持自己风格的前提下不断拓宽创作之路。在诗集《一首诗的内部》中，读者便可看到诗人创作中的一些变化。但总体上，他始终保持着古典主义的创作倾向。

词　语

布满砾石的天空被雷电穿透。
我们站着，背靠路边的林子。
某处正在下雨。任何动静在我们
听来，都仅仅像是烟尘的印刷声。

刹那间，雨水增涨又消隐。
树木在风中微微战栗。
滴落在绿叶上的雨点
发出清澈的回响，犹如词语。

我虽然听见，但并不理解。
闪电划破灰色的天际，
用炽热的字母书写着
那个神奇而又陌生的词语。

情　诗

我鼓满了风，像柳树那样，
当你来临时。我并没想到
怎么会有这么多金子，
这么多歌声，漂浮在波浪深处。

仿佛曾经出现过一片沼泽，
你沐浴其中，直至赤裸的腰身，
而那深深的足印在灵魂里
如此清晰可见，宛若在泥泞中。

此刻，当风即将重新吹起时，
当太阳即将在山谷沉入梦乡时，
我们不再知道：究竟是水和土
抑或只是我俩已用烈焰相互点燃？

瞬　时

我喜欢那些照片——在它们
变成老虎的瞬间：每只
都衔着一大块时光。
我们游泳——在它们眼里：微笑，
再做些幅度很大的明媚的手势
在开花的天空下……
　　　　　　　但最最深处，
没有影子的水，流着血，
将我们投进一道阴郁的漩涡。

变 形

我在小路上遇见了一只马鹿，
想在林中空地迅疾将它捉住。
哦，燃烧的岁月，宛若
鞘中剑，当灵魂同花鳅赛跑时！
此刻，那棵野生梨树在清澈的
穹顶发出沙沙的响声，梨树边，
一只野猪，鼻孔呼呼哼着粗气，
獠牙一闪，挡住了我的去路。

我们在讶异中站住，面面相觑，
就仿佛我们从不认识，生活啊……

在镜子中间

在镜子中间，总是在镜子中间！
漫游经历在风景中书写。
而你，变换着面具，随处游荡，
像尚未写出的书页的内在蕴含。
影子背负着你。那些同你相似者
模仿着你。而那些不相似者
则在窃取你。死亡——那是什么？
最后的脸上露出古老的微笑。
有人会——或者不会——从水面
采集这些晦涩难解的象形文字吗？
你，今日的你，与那个从数十种
形象中脱身的人，是同一个你吗？
比什么都痛苦的是，生命仅仅以
蒸汽的形式，以光束的形式来临，
在你身上看到了它们神圣却又
扭曲的面容——并没有感到恐惧……
或者也许，这宣告了命运本身，
亦即某种密谋者，就像天使
乔装打扮，四方转悠，从世界
借来一副又一副面具？……

证据不足

斗士持剑跳进圆圈，
用钝剑头将圆圈刺穿。
于是，圆圈开始缩减；
随后化为一道地平线；
它的影子则变成黏土
和血花瓣——海湾，海洋。
任何一点痕迹都不愿留下，
作为这一事件的见证。

因此，今日，谁也不再相信
阿基米德被剑所杀。

居 所

一座庙宇。高处。迪比鲁河在山谷流淌。
光线摧毁了祭坛的
平衡。截断的雕像
在微笑，揭示出一个奇丑无比的灵魂。
一个影子姗姗来迟，
在筋疲力尽的台阶上：牧牛人的影子。
仿佛在环绕中关闭的哞叫
在圆柱中间刺戳空荡荡的天空。

而在深处，**奥秘**僵直挺立，全然
无视表面生动的衣衫。

镜子里的女人

镜子的背面，一连串的镜子穿越
一个个世纪，将你朝我扔来——瞧：
你脱下希腊无袖袍，褪下五颜六色的
羊毛编织的村妇服饰；
钟形女裙水汽般从腰身下
滑落，而面纱消失得无影无踪；
从瘦小的连衣裙中，你抽出
一个肩膀，宛若苦涩秋天榅桲的象牙；
你返回，炽热的乳房上印满了
吻痕，嘴唇上写着同样的文字，
那些文字，很久以前，曾将圣人引入
诱惑，窃取他们的光环，今日依然神圣；
你以庄严的手势，在峰顶漫步，
慢慢靠近，呼吸冲击着我的面容，
比温柔的狼的吼叫更加炽热，
比风更加轻盈，比花朵更加纯洁；
深深的，在阴郁的时间之井中，
唯有烈焰和石头在言说，
你用一种奥林匹克女神忽视的语言，
重新呼唤我，就像克里奥帕特拉[1]召唤那样。
世纪的伤口上，今日的灼痛
犹如一把剑，在毫发无损的铠甲上游荡：
我摆脱你，朝你大喊大叫，而这时，
你面带同样的微笑，已遁入一面新的镜子……

---

1 克里奥帕特拉（公元前六十九年至公元前三十年）：又译为“克娄巴特拉”。埃及托勒密王朝最后一位女王，别名埃及艳后。

分离时刻

我们之间的距离化为闪电。
一群鸟儿飞过发烫的灰烬，
发出微弱的鸣叫。迅速经过的
异邦人，像奔跑者那样，
没有听到“哎呀”一声，胸膛折断了
一根细带子，那根细带子
曾绝望地闪烁，在我们眼睛之间……

问　题

事物想要说些什么？
　　　　　　　　清晰地
一些问题从我们嘴里飞出，
经过一道深谷，一直抵达
世界幽暗的墙壁。随后，
它们又折返，经过同样的山谷，
焦虑不安中，为我们带回我们
说过的话语那懒洋洋的回声。

从泥盘中，从摇篮边排成直行的
古老的陶罐中，婴儿们
啜饮着声音，并以此方式学会了
轮到他们来提出各种问题……

小　径

在林子深处，
在林子最深处的
那片空地，
光在忘我中
失去色彩，
一条隐秘的小径，
无人知晓。

唯有年迈的熊
和受伤的鹿，
唯有遭到攻击的蛇
和没有翅膀的夜莺，
蹒跚着抵达那里，
面容扭曲，
跌倒在地。

当光
在忘我中
失去色彩时，
一缕轻盈的
看不见的水汽
褪去皮毛和羽绒，
缓缓地踏上小径，
在枝丛中飘起
朝向天空……

界　限

狮子
蹲在
大都市的入口处；
出口处——
是它的复制品。

我曾想占领广场：
柏油路
已疲倦于
双轮战车和教义。
我曾想做爱：
在满是污垢的床单里
我首创
发霉的动作。
我曾想言说：
我的众多真理
耸了耸肩膀
返回原地。

姓名
守在任何诗的开头；
结尾则是——
笔名。

从岸上观望

我
独自站着，
从岸上观望
那骄傲的波浪，
它形似一匹马，
长着银色的鬃毛，
一心期望着
上岸。
像一匹马，
灰紫
相间。
像一匹马，
打着响鼻，
明白
自己背负着历史意义，
一种思想，
一道闪电。
像一匹马，
在肚子下流血，
那里
一根看不见的马刺
给它盖上奴役那枚
汗水和痛苦的印章。
像一匹马，
系着马鞍，
而它驮载的

看不见的主人公
只是雾
和风。
我望着它
涌向海岸，
常常
一次
比一次
更加勇猛，
然后重新开始，
但马蹄
一次也没
碰到过
海滨空地。
不行：
这不行！
因为它驮载的主人公
只是
雾和风；
它的力量
只是雾和风；
它的色彩
只是雾和风；
它的马肚带只是雾和风；
历史意义，
思想
和闪电
只是雾和风……
在我脚下，
海滨空地

纹丝不动地
承受着
幽灵的冲击：
一帧坚定的侧影，
在发丝中
任由鲜花和甲虫挠着痒。

语言的春天

一切简单
而又残酷——你必须命名！
但那个不想杀戮的人
出现在事物之上，
犹如蝶蛹。

罕见，
过于罕见，
在大年的辐条之间
语言的春天返回。

名字开始飞翔。

伟大的残疾者

你们还能
怎样摧残我？
我的胸口
已变成树洞

心脏——凝乳酶

我的眼睛已瞎
我的耳朵已聋

通过追忆
夏天，我又蹦又跳
在粉红色的软骨上

用臂膀的节瘤
我驱赶前额伤口上的
苍蝇

用丧失嘴唇的
恐惧
我对着一只硕大的蚂蚁
微笑

核

偶然中
我发现了
吝啬的语言
一件难以置信的产品

我来为你朗读——

那是一首诗歌

现在，请告诉我：
你觉得核
属于
哪种水果？

今天，我们告别

今天，我们不再歌唱，不再微笑。
今天，站在中了邪的季节的开端，
我们分别
就像水离开陆地。
静默中，一切是那么地自然。
我们各自都说：原本就该如此——
路旁，蓝色的影子
为那些我们思想过的真理做证。
用不了多久，你会变成大海的蔚蓝，
而我将是带着所有罪孽的土地。
白色的鸟会到天边把你找寻，
嗉囊里装满了芬芳和干粮。
人们会觉得我们是冤家。
我们之间，世界巍然不动，
犹如一座百年的森林，
里面全是皮毛上长着花纹的野兽。
谁也不知道我们是如此地贴近。
夜晚降临时，我的灵魂，
恰似水塑造的岸，
会化为你的被遗忘的身影——
今天，我们没有亲吻，没有祝福。
今天，站在中了邪的季节的开端，
我们告别
就像水离开陆地。

用不了多久，你会变成折射的天空，

而我将是黑色的太阳，土地。

用不了多久，风会吹起。

用不了多久，风会吹起——

阿纳托尔·巴康斯基

（一九二五年至一九七七年）

罗马尼亚著名诗人和小说家。出生于原属罗马尼亚的比萨拉比亚地区霍丁市。二十世纪五十年代初登上诗坛。受社会环境的影响，最初的诗作迎合时事，流于空洞。一九五七年，诗集《冬天那边》出版，显示出他的个性和才华，开始为读书界和评论界所瞩目。诗人有意识地拓宽了创作主题和诗歌格局，在一个更加广阔的时空中探讨生死、虚无、堕落、善与恶、世界的复杂性和丰富性等现代主题。他的诗歌往往弥漫着忧伤和沉思的气息，有时还具有神秘和梦幻的色调。出版过《记忆之潮》《败家子》《真空中的尸体》等诗集，以及《疯子的春分》等小说集。

哈利路亚

梦中女王啊，血液不再拥有静脉——断头台在对尸体斩首，一声“不”，也许该说出
一声“不”，在这座空空的教堂里，录音带
正在没完没了地布道。

时间中的自画像

我曾与森林，与风车，与路边沉默的、
黝黑的、陌生的十字架，与摩尔多瓦
高高的山冈上马的影子长得相像，
我曾与埋葬在海边沙滩上的
古怪的诸神长得相像。多少岁月已经流逝？
一定下过无数次雨，刮过无数场风暴，一定坍塌了
无数道墙垣，覆灭了无数支军队，打碎了
无数条锁链，一定焚毁，荒废，灭亡了无数个帝国，
我才终于开始长得与自己相像。

斗兽者

那些狗雕像嗅闻虚假荣耀的痕迹——那些狗雕像在夜晚吞噬暴君的鬼魂。

而
尼禄[1]没有鬼魂，
托尔克马达[2]没有骨骼，
亚洲
独裁者的名字在腐烂，刽子手等候在大路，乞求路人的
怜悯，但无人将它斩首。

锁链在石板上回响，其他手，其他脚，其他命运，一半红一半黑，一半骑马的勇士一半瘸腿的兔子的命运，总在不断回响。

1 尼禄（公元三十七年至六十八年）：古罗马乃至欧洲历史上著名的暴君。
2 托尔克马达(一四二〇年至一四九八年)：西班牙第一位宗教裁判所大法官，被认为是“中世纪最残暴的教会屠夫”。

色像差

颜色，颜色，在寂灭之前。
秋天，头朝下倒挂着，
从我眼睛的镜子中经过。
在秋天黄色的色像差中，风
抓住一把蓝色的梳子
从我的镜子中经过。
哦，迟到的爱
和彩绘师的季节！
我从未如此富有，
从未如此慷慨。
公园里，片片树叶
飘落在我身上时，
我仿佛觉得有人
在抖落我美好的日子，
那些日子，一天和另一天，从不相同。

也许，菩提，槭树
尤其了解我，
也许，身着紫袍的野樱桃
在测量我心醉神迷的流逝。
白色，
白色，苍白，戴着红色常春藤的锁链
矮牵牛果肉发出尖叫——柳树沉入
绿灰色的睡梦，橡树在梦中
朝我投来一把把期待已久的
铜钥匙。

苦涩的永恒

我们从未死去，我们也不会死去，
在同土地蠕虫的共谋中，我们
微笑的星座显现：一场舞蹈
总在拯救我们，一场柔韧的舞蹈，
肢体的躲闪，心脏的躲闪，
头颅的躲闪，头颅影子的躲闪，哦，
被砍下的头颅，那些没有低下的头颅，
那些从不戴上面具的头颅，
在喧嚣中，缓缓消亡——从不断增长的头盖骨金字塔上，
在我们舞蹈的涡纹中，
那些头颅，我们已无法将它们分辨。

语　法

所有的动词仅指未来，所有的
名词都已死亡——纸花中
勤奋的形容词挤来挤去，采集花蜜
苍蝇大举进犯抹了蜂蜜的语法
用谜一样的字母表将它排出
诗人舔着一根根指头
宛若在古老的谚语中。

在事实间的空隙中

也许纯属虚构，白昼去往事实间的空隙中，
去往星星盛大的绿色中—— 一个更加苍白的季节降临我们头上。
就让那些疯子独自漫游，寻找一个对于他们的死亡来说更加洁白的世界。
就让他们不受惩罚，自由自在。
人人都戴着面具，在岸边迎候魔幻的西方，
人人都在冬季高喊着自己的假名，
当真名在古老的徽章上生锈的时候。

病人潘[1]

高处，病人潘，
在美男子城市——高处
雨抠出
树木绿色的眼睛。

液体舞蹈，呈蛇形
漫游，在病人的眼里——
总是更蓝的躯体，
液体舞蹈，鞭笞着肉身。

每一支排箫的笛孔中
大批毛虫爬出——但没有一只
朝那舞蹈转过
唯一的眼睛。

---

1 潘：古希腊神话中的牧神。

风

我望着风，但看不见风，
我久久地望着风，但看不见风，
我只看见树林在摇曳，
我只看见叶子在草丛间奔跑。

我望着时间，但看不见时间，
我久久地望着时间，但看不见时间——
我只看见儿童在成长，
我只看见人们生出白发，弯下身来。

贝德莱·斯托伊卡

（一九三一年至二〇〇九年）

罗马尼亚著名诗人。出生于蒂米什县。曾在布加勒斯特大学日耳曼语专业学习。毕业后当过一段时间校对。担任过《二十世纪》杂志编辑。后自我放逐，离开都市，定居乡村。一九八九年后，回到布加勒斯特，以极大的热情撰写文章，捍卫民主，抨击专制。没过多久又返回故乡，在宁静中写作和生活，直至去世。

斯托伊卡在大学期间结识了不少诗人和文学青年，同他们一道参加各类文学活动，并开始文学创作。一九五七年，出版第一部诗集《诗选》。之后又先后出版了《奇迹》《祖母坐上沙发》《事物的灵魂》《无上光荣》《修辞学问题》《唯有玉米的甜蜜》《探戈以及其他舞蹈》等诗集。除诗歌创作外，还翻译过特拉克尔等外国诗人的诗集。

斯托伊卡在诗歌创作中始终将目光投向生活日常。表面上看，他的诗就像日常记录。但只要细细品读，读者就会发现，诗人极善于从日常中提炼诗意和寓意。他的诗简练，朴实，形式多变，在幽默和反讽中散发出表现主义气息。罗马尼亚文学评论家阿莱克斯·斯特凡内斯库认为，斯托伊卡的诗集几乎每部都有着“令人信服的美学价值”。

晌　午

一根树枝贴近另一根树枝
亲吻的簌簌声
空气纹丝不动
一个水圈
松鼠跳跃
随后，新的痛苦
空气纹丝不动
手指间遗忘的薄荷清香

反抒情

你们并不在欧洲
公元一九九〇年七月十五日
维也纳，一位女士对我说
我哭了起来，随后，为她
背诵了几首卢齐安·布拉加的诗歌
女士沉思片刻，接着说道
抱歉，你们曾到过欧洲

瓜德利尔舞

在荣耀和虚无之间
耗子乐队正在排练
无论如何，我的冬天尚可忍受

某种东西

花园里
在萝卜和生菜叶中间
在玻璃碴和烂鳞茎中间
在石头和燕雀羽毛中间
有一天，我找到了
某种一辈子只能找到一次的东西
某种没有形状，没有味道和色彩的东西
某种像太阳字母那样在水面融化的东西
某种比情人的睫毛更加美丽的东西
某种如遥远的乐曲一般温暖而疼痛的东西
某种……
花园里
某种你一辈子只能找到一次的东西

原创文明

五十码的胶靴
挤压着我的打字机
趾高气扬地向着城堡行进
结巴的字母表随即投降
而蝴蝶被宣布为诗歌之敌

以波尔卡舞曲的节奏

这么多精疲力竭的日子之后，
门铃声响起，以波尔卡舞曲的节奏
我来到门口，迎接幸福，
一个女孩站在街上问道：
先生，请问您是
殡仪馆馆长吗？

无题诗

我梦见了鳄鱼
一些正在剔牙
另一些正在观望巡航导弹

我梦见了鳄鱼，直立着，那么忧伤

我记得

我记得那道薄荷色的光
我记得那缕青春期的微笑
我记得第一支烟的味道
我记得你那条放在椅子上的连衣裙
我还记得其他许多简单的事物
这自然已经足以
让我忘记如此多如此多的更加重要的记忆
但我喜欢橙子的芬芳
而非它的果肉

命令式

拆除假冒的齿轮传动系统
驱逐被任命为磨坊主的
干旱传道者

从此，你们的面包将散发出
太阳的香气。

爱情诗

就像孩童那样
我用彩笔
在墙上
画满你的面孔。
可为何让风亲吻你?

假　期

这么多玻璃碎片掉落在沙滩上
这么多空罐头丢弃在岸上
这么多喷雾器这么多书籍散放在床单上

可没有一只帆船
从阿提卡驶来

赞美你的身体

你的身体在我双手间流淌，
宛若一条甜蜜的种子之河泛滥成灾。
你的身体用血液和阳光
将我淹没，我的时日
从冬季的黑暗中走出，
砸碎石头，让它开花。
我生命中所有的根
都通过不断诞生的嘴畅饮着你
直到大地为我充盈，
直到一个崭新的季节
向我发出通告。

尼基塔 · 斯特内斯库
（一九三三年至一九八三年）

罗马尼亚当代诗歌的代表诗人。出生于普洛耶什蒂市。他的父亲尼古拉 · 斯特内斯库是位作坊主，母亲塔迪亚娜 · 切里亚邱金是俄国移民。斯特内斯库从小就享受着优越的物质条件和良好的文化氛围。一九五二年至一九五七年，就读于布加勒斯特大学语言文学系。大学毕业后，成为《罗马尼亚文学报》编辑，开始进入布加勒斯特文学圈。一九六〇年，他的首部诗集《爱的意义》出版。从此，他以几乎每年一本，有时甚至两三本的“疯狂”节奏投入诗歌创作。他常常彻夜写作或聊天，又有酗酒的毛病，身体很快受到损害。一九八三年十二月十三日，因心脏病突发而离开人世。他那正处于巅峰状态的诗歌创作戛然而止。

二十世纪五十年代，罗马尼亚社会和文化生活曾经历令人窒息的僵化和教条，这严重阻碍了文艺创作的正常发展。进入六十年代，由于国家政策的调整和改变，社会和文化生活开始出现相对宽松、活泼和自由的可喜景象。以斯特内斯库为代表的新生代作家们及时抓住这一宝贵而难得的历史机遇，几乎在一夜之间纷纷登上文坛，让那些教条主义者顿时无立身之地。在诗歌领域，他们要求继承第二次大战前罗马尼亚抒情诗的优秀传统，主张让罗马尼亚诗歌与世界诗歌同步发展。在他们的作品中，自我、内心、情感、自由重新得到尊重，真正意义上的人重新站立了起来。他们个个热血沸腾，充分意识到了自己的使命：要做文学的继承者、开拓者和创新者。

就在这样的情形下，作为诗歌先锋的斯特内斯库展开了他旋风般的诗歌生涯，接连推出了《情感的幻象》《时间的权利》《哀歌十一首》《阿尔法》《蛋和球体》《垂直的红色》《非语词》《甜蜜的古典风格》等十六部诗集和两本散文集。

斯特内斯库非常注重意境和意象的提炼。而意境和意象的提炼，意味着摒弃陈词滥调，冲破常规，发掘词语的潜力，拓展语言的可能性，捕捉世界和人生的意义。在一次答记者问中，他承认自己始终在思考着如何让意境和意象更加完美地映照出生命的特殊状态。他极力倡导诗人用视觉来想象。在他的笔下，科学概念、哲学思想，甚至枯燥的数字都能插上有形的翅膀，在想象的天空任意舞动。

在二十世纪六七十年代，斯特内斯库的诗歌创作和诗歌活动带有悲壮的开拓和牺牲意味。曾经有一段时间，他被某些评论家看作是怪物。他自然要为此付出代价。“有时，我甚至祈求上苍不要赋予我莎士比亚的天才。我惊恐地意识到你得为这种天才付出多么昂贵的代价。而对于这些代价我却没有丝毫的准备。”他在一次访谈中说道。可与此同时，他又意识到：“没有代价，价值便难以实现。在我们的民间文学中流传着有关牺牲的神话绝不是偶然的。谁不认准一个方向，谁就一事无成。”

在斯特内斯库等诗人的共同努力下，罗马尼亚诗歌终于突破了教条主义的束缚，进入了被评论界称为“抒情诗爆炸”的发展阶段。斯特内斯库便是诗歌革新运动的主将。当人们称他为“伟大的诗人”时，他立即声明：“我不知道什么是‘一位伟大的诗人’，我只知道什么是‘一首伟大的诗’。”他自然希望自己已经写出了一首伟大的诗。他还特别强调时代的重要性：

> 我认为诗人没有自己的
> 时代；时代拥有自己的诗人，
> 总而言之，时代遇见自己的诗人。

随着时间的推移，人们愈发意识到了斯特内斯库的价值和意义：他实际上在一个关键时刻通过自己的诗歌写作和诗歌行动，重新激活了罗马尼亚诗歌的生命力和创造力，让罗马尼亚诗歌再度回到了真正的诗歌轨道，并为罗马尼亚诗歌的未来积蓄了巨大的能量。

黎明，策马奔腾

献给青年爱明内斯库

静默撞击树干，交叉在一起，
变成远方，变成沙漠。
我将唯一的面庞转向太阳，
奔驰中肩膀挂落片片绿叶。

我的骏马从尘土腾跃，头上
冒烟，用一双马蹄铁开辟原野。
你好，我正朝你奔来。你好！
太阳叫喊着喷薄而出，君临世界。

石鼓擂响，太阳在上升，上升
在它面前，穹顶与鹰
在天空的阶梯崩溃，闪烁。
静默变成蔚蓝的风，
影子的马刺伸向
原野的胸膛。

太阳将地平线一折两段。
天穹的囚室纷纷倒闭。
蓝色的长矛，义无反顾，
我将目光投向两边，
欣喜而又庄重地迎接它们。
我的骏马踏着马蹄铁奔腾。
你好，光的海洋，你好！

太阳叫喊着从万物腾跃，
摇动喑哑而沉重的边际。
我的心灵在迎候它，你好！
我的骏马踏着马蹄铁奔腾。
金黄的鬃毛在风中燃烧。

太阳朝地球倾倒

运动中，硕大的躯体的漏斗，
人的躯体，树的躯干，马的躯体。
硕大的漏斗，大喊大叫着，
太阳正用它倾倒
原油，为看不见的世界之轴上油，
好让世界自由顺畅地流淌。

插入地球的漏斗，在炽烈的熔岩中
不时地让一则神话浮上表面，骨化。
我们两人——用在漏斗嘴边
闪亮、冒烟的眉毛，
用刚刚凝固为翅膀的眉毛——
在众多其他接受者中间，
直接在胸膛，在脸颊，在拱廊
领受始于我们的
润滑油的洪流，飞落于躯体
和树干上的洪流，难道要退缩吗？

硕大的躯体的漏斗，穿过我们，
穿过旋转的天空，
无休无止地为地球中心加油，偶尔
发出光泽，烟气消散。

秋天的激动

秋天来临，用什么可以遮住我的心，
用树的影子，或者最好用你的影子。

我害怕有时会再也见不到你，
害怕尖利的翅膀会长到云端，
害怕你会藏进一只陌生的眼睛，
而它将用一片艾叶自我关闭。

于是，我走近石头，一声不语，
抓起词语，将它们淹没在海里。
我朝月亮吹起口哨，叫它升起，让它
变成一场伟大的爱情。

第四维度中的自画像

被雨撤往大海时
留下的光泽所包围，
球体同我的心脏
道别，
在天边滚动。
卧倒的菱形，同眼睛
道别，说着再见，
变成盾牌，变成金字塔形神庙，
为了向庄重的克里奥[1]致敬。
我平静地接受着所有这一切，
固执，没有流露明显的惊奇，
虽然唯有，唯有，唯有我所
了解的内心的几何学，
犹如凝固汽油一般在燃烧，
当我还是阿基米德和沙地的时候[2]……
没有球体，没有菱形，废墟中
我的面孔在冒烟。

---

1 指埃及艳后克里奥帕特拉。
2 阿基米德在沙地演算几何时被罗马士兵杀死。

倒置的树

倒置的树，根长在风中，
脚掌宽似悬铃木叶，
几乎飘浮，几乎触到
一年四季。
手上显出齿状刻纹，犹如橡树叶，
躯干带有深深的树窟窿
狗熊们在里面趴着睡觉，徒劳地
想要抵达一角天地。

总是，犹如显现在水中，
地风让它沙沙作响，
根插进彩虹，
插进并不存在的色彩。
我成了倒置的树，从球体中分离，
同这一球体简直就像孪生兄弟……
一切都仿佛那么熟悉，但什么
都无法与任何存在之物相对比。

满怀喜悦即兴创作的歌

给塞尔久·亚当

用一把石钥匙
让我们打开另一扇门。
用一头山羊，
另一扇，另一扇门。
用一条没有水的河流，
另一扇，另一扇门。
接着，用热情
我们将打开一滴泪。
用一支铂金笛子
打开传统中的羔羊——
哦，你，铂金铜器
和米哈伊·爱明内斯库
白色的菩提和杨树

某种书写

他抓住我，用我书写
在平原上打磨我的腿
从脚跟到膝盖——
而为了天空——
他削去了我
半条右臂
和整条左臂
以便教它们如何飞翔

我是他的——
他将用我的大脑
擦掉天上的粉笔

不一会儿
课间休息的铃声就会响起

正方形的眼睛

我无法相信鸟儿飞翔，
无法相信它们依靠并不存在之物，
无法相信你爱我，
并不需要我做你的狗……

存在着失去之空气，
和黑山羊的静止不动，
但自从我成为你的狗后，
我并没有呼吸过它们。

从你取出一座雕像的当当声中
你还要打击什么人吗？
快望着我吧，快打击我吧！
唯有我才是你的狗。

给一朵花的邀请

给你寄来我那只写在镜子上的手
后面的树，
远方的云……

我是无花之核
你想变成白色，并拥有七枚花瓣吗？

乌鸫蛋

海的咸味，和忧伤的肉身——
难道石头也曾有过童年？
如果石头也曾有过童年，
那么，在石头的童年
它们又是如何玩游戏的？

狩　猎

你们怎么都不会相信石头
是鸟儿生出的空气孩子。
哦，我多么希望海上下起
倾盆大雨，总是淹死
其他什么人。
你们怎么都不会相信
花朵是太阳落山时的思绪。
哦，我多么想在
兔子窝里睡觉。
不，它不会惊恐的。
我的所有并非一副身躯，
而是一顶帐篷。
我的所思并非一束光线，
而是一个兔子枕头。

鸟儿的视觉

仿佛运气，一群鸟在我的视线里
辗转反侧。
我说兴许是一种言说。
我说兴许是他人所见。

玻璃上的圣像

让我们祈求眼睛不要说话！
在视觉石头上
让我们放上一块方糖。
绿色在两片叶子上跳动吗？
让我们往叶脉上
放进一缕西蒙风！

玛利亚！玛利亚，玛利亚，
我呼唤那女子：
“你好吗？”
女子答道：
“我在生产。听见没有？我在生产。”

破损的薄板

从远处看，你酷似我的母亲，
正如远处的点酷似鸟儿，
正如从远处看，瞬间酷似钟点，
而大钟酷似教堂……

从远处看，你酷似我的母亲……

歌之状态

如果一只眼睛突然打开
就在你手握门把的刹那，那会怎样？
你难道还能
将手放在目光上吗？
你还能走进视觉吗？
你还会成为我的视力吗？
你还会成为你——如果突然一只眼睛打开——
你会寻思谁知道哪里吗？
你会寻思谁知道何时吗？
我心中的盲人问你：
你可以，你可以成为我的视觉吗？

没有心脏

今天，我感到如此地幸福
就仿佛我已与生命道别，
就仿佛我已往心口塞了一只苹果
好让心脏不再跳动，好让它死死站定——
好让自己走近你，并对你说：
“喂，你要是渴的话，
就索性啃一只苹果吧！”

面对青草

我们谁也不必杀死
我们谁也不必仇恨
我们什么也不必吞食
我们什么也不必饮下
我们应该装出样子
好像将要杀死什么人
我们应该装出样子
好像将要吃掉什么人——
但不必付诸行动
我们应该显得
就像什么人会理解恶
为了我们
而我们也仅仅了解他：
你理解我吗，美丽的青草
我该对你说什么呢？

镜子里的字母

谁也没有怀疑过这一事实：
苹果十分愚蠢，
苹果的味道缺乏思想，
苹果的红晕并不冷淡……

但一旦用苹果
点燃寒冷
我们会大大节约
不用再烧影子了……

哦，我会说你，
我们所有人都明白
是怎么回事
甚至我
甚至我们
在另一个世界……

忧伤的爱情

让我们将客观性留给齿轮
留给螺丝和螺丝垫圈吧。
倘若时间一如往常地流淌，
你没有权利定定地望着我。

让我们将饮水的权利
留给幸福者吧，
当他们拥有嘴巴时，
因为唯有他们才会口渴。

但当我入睡，当我如此
熟睡
当我一如往常地睡觉时，
当然，你没有权利醒来
并且离去

哀歌第十一首

进入春天的劳作

一

我的心脏大于身躯，
忽然从所有方向跃出，
又从所有方向回落，
至它上端，
犹如一阵毁灭性的熔岩雨，

你，大于形式的内容，瞧
自我认识，瞧
为何物质在痛苦中会从自身诞生
为了能够死去。
唯有了解自我的人才会死去，
唯有自我见证的人
才会诞生。

必须奔跑，我对自己说，
但为此，我首先必须
将灵魂转向
那些一动不动的先辈，
他们犹如骨髓
隐居于骨塔之中，
仿佛事物抵达尽头
陷入静止。

我可以奔跑，因为他们就居于我内心。
我将奔跑，因为唯有在内心
静止的事物
才会运动，
唯有内心孤独的人
才会得到陪伴；他明白，心灵，不知不觉中
将会更加有力地坠入自己的
中心
抑或，
碎裂于星球，它将被生物
和植物包围，
抑或，
躺在金字塔下，
就像躺在一副陌生胸膛的后面。

二

一切都是简单的，如此地简单，以至于
变得难以理解。

一切都是贴近的，如此地
贴近，以至于
投奔眼睛后面
不再看得见。

春天里，
一切是如此地完美，
以至于唯有用自身围绕
我才能感觉到它，
就像由说出词语的嘴巴，

由心脏的嘴巴，
由果核的心脏宣布的
一棵草的破土发芽，
那在自身静止的事物，仿佛
大地的核心
在四周伸出
无穷无尽的万有引力的臂膀，

将一切收拢于自身，突然
一次拥抱，如此地有力，
以至于运动从臂膀中间跃出。

三

于是，我将同时朝所有方向
奔跑，
遵循自己的心脏，我将奔跑，
恰似一辆战车
同时从所有方向
被一群遭到鞭笞的马儿拽动。

四

我将奔跑直至前行，奔驰
本身超越我
并远离我
就像果壳脱离果核，
直至奔跑
在自身内部奔跑，并停止。
而我将会坠向
它，仿佛年轻男子
迎候自己的心上人。

五

而在我就像奔跑一样
超越我之后，
在奔跑
在自身内部运动
并犹如石头，抑或更像
玻璃窗
后面的
水银那般停止
之后，
我将凝望万物，
我将用自身同时
拥抱万物，
而它们
将把我抛在后面，在
我身上所有算作事物的一切
早已被纳入万物之后。

六

瞧我
保持原本的样子，
手执孤独的旗帜，寒冷的盾牌，
朝着我自身后面奔跑，
处处推开我自己，
在我前面
在我后面，在我右面，
在我左面，在我上面，
在我下面，处处出发，
又处处留下

回忆的迹象：
天空——星辰，
大地——空气，
影子——长满叶子的枝丛。

七

……奇怪的躯体，对称的躯体，
在天体面前
惊讶于自身。

在太阳面前惊讶，
耐心地等待着为光创造
一副合适的躯体。

八

倚靠你自己的土地，
当你还是种子的时候，当冬天
液化它那长长的白白的骨头的时候，
当春天款款升起的时候。

依靠你自己的国度，
当你，我的人儿，孤独难耐的时候，
当你遭受非爱折磨的时候，
或者干脆，当冬天
消融，而春天
在天体空间
从自身
走向边际的时候。
洁净地走进春天的
劳作吧，

告诉种子它们是种子吧，
告诉大地它是大地吧！

但首先
我们是种子，我们是
那些从所有方向都能同时看见的人，
仿佛我们直接居于一只眼睛，
或者一片原野，那里目光
生长，代替青草——我们同时
与我们自己，坚硬，近乎金属，
收割草木，让它们
酷似万事万物，
我们的心脏创造的
万事万物，
我们生活在其中的万事万物。

但首先
我们是种子，我们已做好准备
从我们自身将我们投向某种
更加崇高的事物，某种
名叫春天的事物……
处于现象内部，总是
处于现象内部。

成为种子，并依靠
你自己的土地吧。

尼古拉·拉比什

（一九三五年至一九五六年）

罗马尼亚著名诗人，出生于苏恰瓦县莫里尼乡一个乡村教师家庭。十五岁时开始写诗。一九五二年，进入布加勒斯特爱明内斯库文学专科学校学习。一九五四年，任《当代人》周刊和《罗马尼亚文学报》编辑。一九五六年，发表长诗《小鹿之死》和处女诗集《初恋》，引起评论界关注。同年，不幸因车祸英年早逝。拉比什离世后，亲友们又整理出版了他的《与惰性斗争》《开始之歌》《我是深沉的灵魂》等诗集。

在短暂的一生中，拉比什写出了不少优秀的诗歌。他的诗歌坦诚，朴实，意象清新，情感饱满，同时也不乏创新活力和批评锋芒。诗人在热情拥抱新社会的同时，对某些盲目和浅薄的现象也表现出了足够高的警觉。年轻的诗人早早就意识到，个性和独特对于诗歌艺术至关重要。《小鹿之死》是他的代表作，描写了少年时代跟随父亲捕猎小鹿时的复杂心理。这是首特别内在、细腻、真挚的诗歌，与当时流行的概念化和口号化的诗歌形成鲜明的对比。创作此诗时，诗人才十九岁。诗人之死如一道强光，让读者更加清晰地看到了他的价值。二十世纪六十年代，许多罗马尼亚诗人都把拉比什当作诗歌创作的楷模。

沉重时刻

天哪，就连叶子也有几多悲伤！
你想奉献，但不知为谁，
你奉献给无人。
嘴唇张开，同情地笑着，
红酒厌恶地咕嘟咕嘟作响。
一种隐约而低沉的痛
正撞击着我的心。
孤独在鼓膜震颤
发出贝壳的声响，
这是睡眠时刻。
微弱的脚步，微弱的脚步。是她吗？
是别人。
你不禁想愤怒地尖叫，
因为自己竟没有感到难过！
睡眠时刻。盯视的眼。
盲目，聋哑，苍白的声音。
无能为力的哭泣，在永恒中。

沉　思

那是一座葡萄园，或者一家客栈，
还有一个储放葡萄酒的地窖。
凿在地底深处，台阶倾斜，
那是一座葡萄园，或者一家客栈。

也许在做梦，但我相信自己望着
深处两个脚踝，两道白色的召唤；
我还听见深处传来女孩的歌唱
以及提桶里汩汩流淌的酒的哭泣。

外面，地狱的高温笼罩
地狱的音乐回响——提琴和酒杯。
在漆黑的凉爽中
白色而虚弱的脚踝的光亮。

风的哭泣，女孩的歌声，
从地下传来，
白色的脚踝，脚踝
光亮虚无的内核。

哦，滑动的幻影，
时间中温柔的转弯，
无数灾难的中心，
地下奥林匹斯山！

雅西下雪了

昨夜，雅西下了场好大的雪！
雕像们都戴上了硕大的皮帽，
车站变成白色的庞然大物，
雪片总在不停地飞旋舞动，
街上，警察的胡须上一下
生出了长长的长长的冰线。
门廊已被茫茫白雪覆盖，
屋檐全都冻成了冰葫芦。
烟囱里直直竖起了小尾巴，
就像一只恼怒万分的公猫，
小狗狂叫着，诅咒着，
不时地用嘴叼住一片雪花。

蜡　烛

永无完结的思想碎片，
白鸟的飞翔和一场梦，
那首唱到一半的歌曲，
没人写过的胡言乱语。
而宁静，以精致的节奏，
谦恭地在城堡上方摇曳，
你融化，并莫名地流淌，
轻柔的蜡烛，黄昏中的爱情。

黑眼圈

漆黑的曲线，采集你的
那张面孔，想要表达
什么含义？为了何方
又究竟为了何人？

为了你的思绪，
为了梦幻，为了悲伤，
飞跃，爱和恨……
我是沉渣和灰炭。

马　戏

我是身穿时髦服装的乞丐，
干瘪的胸口被掏在了前面，
我是隐藏在脂粉下的内疚，
喜剧变成了痛苦。

醉醺醺的心灵还在骨头的
咯吱声中徒劳地翻着跟头。
地狱早已自动张开了嘴巴。
喜剧变成了痛苦。

吊　桶

正午时分，一名男子靠着撬杠，
面露紧张而又略显沉思的神情。
他擦去额头上光亮的汗珠，
身上的亚麻衣裳冒着热气。

从冻结的吊桶中他啜饮了一口，
随后，不声不响地朝林子走去。
从此，吊桶嘴上保存着他的亲吻，
一如羞涩的姑娘保存自己的初吻。

思　念

我为什么出发？
我要走向何方？
内心的种种情愫
已一点点黯淡，
但层层初雪之下
有一缕火焰
正在呼唤着我，
我突然想同
宁静就此道别。

墓志铭

可以原谅那个在愤怒中
将匕首插进我胸口的人，
但决不忘记和原谅那个
嘲笑我好斗的思想的人。

妈　妈

我已好久没有回村里看看。
一位村里人来告诉我说，
蝴蝶兰在我们那里开花了，
说你头发白了，妈妈，头发白了。

另一个人说你已经卧病在床，
我不知该不该相信这些消息，
可是从你的来信里，我恰恰觉得
你好像总是一天比一天年轻。

秋

多少思恋，多少梦幻，
多少遭到戕害的心灵，
不约而同地动身前往
白桦林金黄的树丛间度过时光。

诗

虽然它由纯粹的蕴意和嫩枝
或者燃烧时折断的清澈水晶制作而成，
但一旦走进它，你会战栗，仿佛走进冬日的森林，
狼的滚烫的眼睛，正穿过重重冰层，死死地盯着你。

马林·索雷斯库

（一九三六年至一九九六年）

罗马尼亚当代重要诗人。生于多尔日县一个农民家庭。童年和少年在乡村度过。曾就读于雅西大学语言文学系。大学毕业后，长期从事编辑工作。一九七八年至一九九〇年，任《枝丛》杂志主编。一九九四年至一九九五年，任罗马尼亚文化部部长。一九六四年，出版第一部诗集《孤独的诗人》。之后又出版了《时钟之死》《堂吉诃德的青年时代》《咳嗽》《云》《万能的灵魂》《利里耶齐公墓》等十几部诗集。除诗歌外，还写剧本、小说、评论和随笔。

索雷斯库是以反叛者的姿态登上罗马尼亚诗坛的。为了清算教条主义，他抛出了一部讽刺模拟诗集《孤独的诗人》，专门嘲讽艺术中的因循守旧。尽管在那特定的时代，他还是个“孤独的诗人”，然而他的不同的声音立即引起了读者的注意。在之后的创作中，他的艺术个性渐渐显露出来。他的写法绝对有悖于传统，因此评论界称他的诗是“反诗”。

有人说他是位讽刺诗人，因为他的诗作常常带有明显的讽刺色彩。有人称他为哲理诗人，因为他善于在表面上看起来漫不经心的叙述中突然挖掘出一个深刻的哲理。他自己也认为“诗歌的功能首先在于认识。诗必须与哲学联姻。诗人倘若不是思想家，那就一无是处”。有人干脆笼统地把他划入现代派诗人的行列，因为无论是语言的选择还是手法的运用，他都一反传统。但他更喜欢别人称他为“诗人索雷斯库”。一位罗马尼亚评论家说：“他什么都写，只是写法与众不同。”

自由的形式，朴素的语言，看似极为简单和轻盈的叙述，甚至有点不拘一格，然而他会在不知不觉中引出一个象征，说出一个道理。表面上的通俗、简单、轻盈，时常隐藏着对重大主题的严峻思考；表面上的漫不经心，时常包含着内心的种种微妙情感。在他的笔下，任何极其平凡的事物，任何与传统诗歌毫不相干的东西都能构成诗的形象，都能成为诗的话题，因为他认为：“诗意并非物品的属性，而是人们在特定的场合中观察事物时内心情感的流露。”

罗马尼亚评论界公认他为“二次大战后罗马尼亚文坛上最引人注目的诗人之一”，称赞他“为实现罗马尼亚诗歌的现代化做出了重要贡献”。

天　赋

“我将证明所有画作都是赝品。”
专家说着，取出放大镜，
那是他刚刚收到的
来自火星的礼物。

收藏家笑了，专家的说法
让他觉得好玩，他的藏画
已成为鉴别全世界大师的标准，
那可是前后几代人
花钱积累的财富。

“我们就从右向左开始吧，
看看这张提香！”
的确，放大镜中可以看出
笔触的笨拙，是一名毫无才华的
学生在一堂绘画课上画的。

“说到此画，内心深处某种怀疑一直
烦扰着我，”收藏家脸色苍白，低声说道，
“然而这幅拉斐尔，你此刻正在查看
到底是不是复制品，
可是出自上帝之手啊，哈，哈，哈！”

“瞧！”专家可没兴致开玩笑，
将圣母玛利亚瞳孔中的
登记序号指给他看。

在大厅的中央，他甚至还没顾得上
用放大镜对准，一幅幅油画就自动掉了下来。
在最后一幅画布前，价值连城的伦勃朗！
收藏家用手捂住胸口，蝙蝠从他嘴里
掉出，飞了起来。

随后，专家又到其他许多美术馆
转悠了一番，里面尽是些笑料。

就连画框都没有一个是真的，
放大镜，不屈不挠，揭露了
一系列可怕的事情。

所有伟大的大师都在最先的
绘画特色后被一一杀死，
凶手们盗用他们的名字，
用他们的颜料继续作画，
它们与那纯正血液
一同死去。

就这样，画廊一个个清空，
大批的外行收购员塞满大小监狱。
手执放大镜的人身后伸展着一片死亡荒漠，
他感到愈加忧伤。

有一次，他突发奇想，
将放大镜对准了他正在行走的街道，
惊奇地发现那是赝品，
而到真正的街道尚有一段距离。

望着城市——赝品，树木，赝品，
他开始哭泣。

他号啕大哭，颤抖不已，
那只握着可怕工具的手除外，
他老态龙钟地朝前走着，
继续解散整个世界。

迁 移

别再徒劳地搜索山，
如果山的面前有朵云，
最好还是在云中
将它找寻。

而如果云的下端
停栖着一只蝴蝶，
继续挖掘云将毫无意义。
在这只昆虫的爪子中
搜寻山吧。

当然，你们只有片刻的工夫，
因为蝴蝶的影子，
连同整座山，
不可能不暴露在下面。
到那里去寻找山吧。

你们要快快地挖掘，
不然，山会迁移到第一片叶子上。
就这样，在跳跃中，通过路上遇见的一切，
它会渐行渐远。

门底下

今天这一日子
一如往常，从门底下
塞给了我。

我将眼镜架上鼻梁，
开始
读它。

看来看去，
没有什么特别的。
据说中午我会有点忧伤，
原因并没有明确说明，
我将继续爱着
昨日我留在其中的光。

第一版报道了我同水，
同群山，同空气的条约，
以及它们那企图进入我血液
和头脑的荒唐要求。

接着都是些一般性消息，
有关我的劳动力，
有关我的生存之道，
有关我的良好情绪
（但对于肝脏状况
却只字未提）。

我的这份生活
也不知是在哪里出版的，
上面充满了
不可接受的错误。

蜘蛛来到

蜘蛛携带着壁毯
来到我面前，
请求我为它印上
一个人的
形状。

因为——它解释道——我的形象
同被遗忘在那个角落的群山，
同它罩住的云朵和蝴蝶
完美匹配，
可以赋予普遍的死亡
以多样性。

我勉强露出笑容，
但身体总在摇晃，
弄断了好几根蛛丝，
因为我过着动荡的生活。

以我为榜样，
群山充满了植物，
云朵轰鸣，
蝴蝶拆掉了羽翼。

蛇看见一支笛子

蛇在每棵树上
都看见一支笛子，
并演奏着孔洞。

犹如皮提亚[1]的嘴巴，
这些笛孔
为倾听者
发布一道道预言！

看见一条蛇在徒然地演奏时，
你们该想到，某个地方
有棵树。

我也充满了孔洞，
可以让天空舞蹈。

1 皮提亚：古希腊的女祭司，以传达阿波罗的神谕而闻名。

地　图

首先，请让我用教鞭
将三处水域指给你们看，
它们在我的骨头
和身体组织中清晰可见：
水用蓝色描绘。

然后，两只眼睛，
我的大海之星。

额头，
最干燥的部分，
通过地表的褶皱。
每天都处于
持续的形成中。

那座火焰岛是心脏，
如果我没弄错的话，已有人居住。

假如我看见一条路，
我想那里肯定有
我的双腿，
不然，那条路就毫无意义。

假如我看见大海，
我想那里肯定有
我的灵魂，否则，它的大理石
就不会掀起波浪。

我的身上
当然还存在
其他白点，
一如我明天的思想
和际遇。

用感觉
那五大洲，
我每天都在描写两种运动：
绕着太阳的旋转运动
以及绕着死亡的
革命运动。

这大概就是我的地图，
它还将在你们面前
展开一段时间。

休整学习

瞧，我一步也不想多走，
只愿停留于此，一动不动，
紧挨着其他松树，
正好有块松树之地空着。

我也开始
长出地衣和苔藓，
蚂蚁们朝我走来，
请我指出北方的位置，
可我毫无兴致，
我曾到过那里，
为何还要再让它们徒劳地
上路。

长路走过后，
你最好在某地安定下来，
一生过完后，
你最好不再言语。

我是松树，
我已开始
用我全部的松针
刺死风中的
一声叹息。

字母表

丢失第一个字母时，
他没太注意。

他继续说话，
小心翼翼地避开
含有那个字母的
词。

接着，他又丢失了一个，
好像是字母 A，
太阳，月亮
只好死记硬背。

然后，又丢失了一个，
幸福，爱情
开始不再理解他。

最后的字母
插在一个音节中，
犹如一颗疲惫的牙齿。

现在，他能听见，看见，
却不再掌握生活的词语，
绝大部分组成生活的词语
他都已丢失。

空中杂耍

我到众鸟中间乞讨，
每只鸟都施舍给我
一根羽毛。

蝴蝶施舍的羽毛高高的，
天堂鸟施舍的羽毛红红的，
蜂鸟施舍的羽毛绿绿的，
鹦鹉施舍的羽毛多嘴多舌，
鸵鸟施舍的羽毛胆小怕事——
哦，我做好了多少副翅膀！

我将它们安装在灵魂上，
并开始展翅飞翔。
如蝴蝶那般高高地飞翔，
如天堂鸟那般红红地飞翔，
如蜂鸟那般绿绿地飞翔，
如鹦鹉那般多嘴多舌地飞翔，
如鸵鸟那般胆小怕事地飞翔——
哦，我还曾怎样地飞翔！

演　出

左边——一个老头，
右边——一个老太。
老头的左边——一个女孩。
女孩的左边——一个男孩。
所有人左边和右边都挨着其他人，
形形式式，听其自然。

而在所有人面前——舞台，
唯一的舞台，
我们正在观看一场话剧。
剧目很长一段时间都没换过，
观众们总是希望看到
舞台上有点新鲜玩意儿，
时不时地变换
大厅里的座位。

老头往右边
挪了一个座位
把胡须落在了
我的膝盖上，
女孩坐到了男孩的座位上，
满脸通红地看着
玩偶的什么东西。

所有人一个一个轮流
变换着座位，

唯独我不愿放弃
自己的座位。

我的缺乏通融实在令人恼怒，
观众们确实怒气冲冲，
推搡着我，
但我十分固执，
纹丝不动地坐在原位。
直至所有观众，
纷纷贪求我的视角，
坐在我的头顶，一个
叠在另一个之上，压迫着我。

安　逸

太阳将我打击得太重，
我将你放在窗口，
就像放在一张蓝色的纸上。

思想将我打击得太重，
我将你放在前额，
就像放在奇迹创造者
圣母的圣像上。

死亡将我打击得太重，
我将你放在心头，
就像放在一扇
爱情屏风上。

此刻，你一离去，
太阳，思想
和死亡，会以十倍的愤怒
把我争夺。

就像七座城池
争夺荷马那样。

单行线

我看到自己
晃晃悠悠地从几只瓶子里走出，
顶着相当糟糕的名声，
也许，那名声，我并不在乎，
因为我还吹着一支助兴小曲，
并将新意识放到了眉毛上。

我迅疾坠落在事物旁，
就像一道瀑布，
宇宙中的一切都得坠落，
几百万年来一直在坠落，
见了鬼似的坠落，
而我竟然能在万有引力之外，
在书籍和思想之间，
自以为是地待了这么久，
每每想到这，我就禁不住要笑。

好像……

梦的形成令我着魔，
有时，我仿佛觉得
听见它们在作业，同我相连，
但对此我还不太确信。

假如我久久凝望一棵树，
我仿佛听见叶子中有一个声音：
“好像他曾是一棵树。”
假如我看见地图上的北极，有一个声音：
“好像他曾是北极。”

不管怎样，你得朝这些近乎偶然的
事物使劲吹吹气，
就像一颗在自我消耗中
令一束束光生锈的星星。
房子，水，地点，女人
你都看得如此清楚，
以至于第二眼看去，
房子变成女人，
再一次看去，变成大火。

有一段时间，
我直接对梦闭上眼，
就像一个孩子用帽子
一下子变出一群群蝴蝶。

现在，我整宿醒着，
坐在越来越大的黑眼圈中，
琢磨着梦到底是如何形成的。

书　房

天亮了，当然，
听，公鸡在歌唱，在书房——
我那垂直的庄园。

农人，每天早晨
都得给所有家禽喂食，
我也会去给我的书籍
投些大粒的咖啡。

我专注地望着它们，
一连数上几遍；
一天夜里，我梦见
它们全都逃跑了。
唯有书脊还待在原处
丝毫不差
整整一年，我都没有发现。

我轻轻摩挲着书名，
肚子里奇怪地涌起一股股胃液，
就仿佛将去参加一场宴会。
比如说今天吧，
我对暴食的荷马就特有胃口。

我读着，读着，
目光投向窗外时，

我惊奇地注意到，
屋墙边，那些真正的母鸡
不时地也感到了
吃点蛋壳的需要。

活水，死水

呷了口这水后
我一下子变得独立自主，
就像东方的教堂，
塔楼林立，乳白色梦一般。

我握着水瓶，心醉神迷，
眼中全是中魔的水滴，
每滴水都清晰地映照出我的面容，
正被神奇的痒振动。

多好啊，我找到了活水，
所有传说都在寻找的活水。
那是死水——一只云雀对我说——
池塘里舀来的死水。

那么，它又是怎么发力的？
我反问那只自作聪明的云雀。
——同样的水，在胸口突突跳动，
对于一些人是死水，对于另一些人却是活水。

树

雨中，我靠在一棵树上。
它同大地有着联结。
树皮下，我感受到长满老茧的手掌，
宛若装着天空的词语，在沙沙作响。

愤怒的雷声不时地传来，
乌云在暴雨中复仇。
一道迷途的闪电闯来，
我们俩立马用手将它折断。

胆怯袭上心头，我逃向田野，
雨滴打弯了我的腰。
它承受着垂直的风险，
随时都有可能点起大火。

这奔跑的孤独……
这插入泥土的孤独……
我哭泣着返回，将它抱在怀里。
沉重的暴雨陪伴着我们。

虚　无

我不再打磨虚无
用我那易逝的生命。
我难道还要一大早就起床
用花朵为它添加光泽？

还是让它打磨我吧。
在永不消逝的死亡中，
就让它用清冽的泉水
天天为我的花朵念咒施魔。

像条章鱼

希望黏着我，像条章鱼
像只吸盘。
强健的臂膀紧抱着我，
退潮的浪涛挤压着我，
那些浪涛赤足返回月球。

血液的潮汛，地上的潮汛。
大海一动不动。
在怪异的引力下，唯有你
翻腾着，涌向白雪覆盖的山脊。

睡　梦

献给母亲

我漂流在一条河里，仿佛双手已被
绑紧，仿佛全身已被一股温柔的
力量抱住，仿佛在天上寻找一个
面包的圆润，在岸边同一只蝾螈结亲。

我在眼睑下洗涤着一粒粒沙子
整个贝壳在一瞬间幻变成了她
我如眼泪般滑落在一张脸上，
那张脸鼓励流泪和哭泣。

在河里面朝天空哭泣，你也是
一条河，河床在不断地运动……
——松开我的手吧，这样，我便能
游泳，在这汇入大海的哭泣中。

安娜·布兰迪亚娜
（一九四二年至今）

罗马尼亚当代最具国际影响力的女诗人。出生于罗马尼亚西部名城蒂米什瓦拉。曾就读于克卢日大学语言文学系。大学毕业后，移居首都布加勒斯特。当过编辑和图书管理员。一九七七年三月四日，布加勒斯特发生大地震，布兰迪亚娜所住的公寓楼也在地震中坍塌。从此，女诗人更多的时间在多瑙河畔的一个村子里生活和写作。

一九六四年，布兰迪亚娜尚在大学二年级时，便出版了第一本诗集《复数第一人称》。之后，又先后出版了《脆弱的足跟》《第三种秘密》《十月、十一月、十二月》《睡眠中的睡眠》《蟋蟀的眼睛》等十几部诗集，以及《目击者》《我写，你写，他和她写》《四季》《镜子走廊》《音节城市》等小说和散文集。她的作品不仅在罗马尼亚拥有广大的读者，而且还被介绍到了中国、英国、美国、意大利、俄罗斯、西班牙、法国、德国、荷兰、波兰、巴西、日本、以色利等几十个国家。

布兰迪亚娜选择的都是些永恒的主题，比如爱情、纯洁、堕落、生与死、人生与自然、时间的流逝、孤独等等。这都是些十分古老的主题了，因而更需要诗人具备非凡的艺术敏感以及独特的思想角度。她认为能够用最简单的意象来表达最细致的情感、最深刻的思想的诗人才是大诗人。她也一直朝这一方向努力。在她的诗歌中，我们看到的都是些最为普通的词汇：眼睛，树林，梦，睡眠，湖泊，山丘，雪，天空，光，等等等等。但在她的艺术组合下，这些文字立即产生了一种神奇的魅力，一种诗歌和思想的魅力。“我开始梦想着写出简朴的、椭圆形的诗，这些诗应该具有儿童画作那样的魅力。在这些画作面前，你永远无法确定图像是否恰恰就等于本质。”女诗人如此说。这正是她的诗歌追求。

我们中谁

当你离去时，
我不知我俩中究竟谁已离去；
当我伸出手臂，
我不知是否正将自己
寻找；
当我对你说：我爱你，
我不知是不是在对自己倾诉，
并因此而感到羞涩。
从前
我知道你长相如何，
你是
说不出的高，说不出的瘦，
我知道你从哪里开始，
我自己又在哪里结束，
轻易地，我能触摸到
你的唇，你的颈，
你甜甜的锁骨，
你孩童般的肩膀。
很久前，当我们双双一起，
我记得，
我记得我们是怎样地手挽着手……
我们中谁已被战胜？
谁已保存下来？
唯一的躯体是你的，
还是我的？
我如此思念的是谁？

唯有沉默着，
闭上眼睛，咬紧牙关，
我才能艰难地
在心中
将你摧毁。

诗人船

诗人们认为这是一条船，
并纷纷登上船去。

请让我也登上诗人船
航行于时间的浪涛上。

不必摇动桅杆，
也无须移动船身
（因为时间正在
它周围越来越迅速地移动）。

诗人们等待着，拒绝睡眠，
拒绝死亡，
为了不错过那个
船岸分离的瞬间——

这条石船执着地
期待着某件
永不会发生之事，
这不是不朽，又是什么呢？

一匹年轻的马

我始终不清楚自己身处什么世界。
我骑上一匹年轻的马，它同我一样欢快。
奔驰中，我感觉到它的腿肚间
那颗热烈跳动的心。
我的心也在奔驰中热烈跳动，不知疲倦，
丝毫也没有注意到，不知不觉中
我的马鞍只支撑在
马的骨骼上，
急速中，那匹马早已解体，挥发，
而我继续骑着
一匹空气之马，
在一个并不属于我的世纪里。

保护区

马和诗人，
被技术战胜的
世界之美，
时间留住的生物
囚禁于自身的
光环中。

马和诗人，
越来越稀有，
越来越没有价值，
越来越难以出售。
黑，灰，白，
越来越白，
白得透明，无影无踪
在一个没有它们
同样会无影无踪的
未来里。

就像在一面镜子里

白昼将尽时，
太阳，愈加鲜红地降落，
而月亮依然鲜红地升起，
它们几乎一模一样。

被灼热烤得干裂的草木
和又密又硬的庄稼茬儿，
好似几天没刮的胡子，
难以区分
那些黑色的线头，当
它们面对面
出现在屏幕上时。

温柔的混淆，
犹如那特别的一刻：当你离去
又再一次回头时，
你看见自己，就像在一面镜子里
诞生。

动物星球

罪孽少些，但并非没有罪孽，
在这个宇宙中
自然法则本身决定
谁必须杀死谁，
杀戮最多者是国王；
狮子沉着、残忍地撕咬小鹿，
人们拍摄这一镜头，兴致勃勃，
而我，闭上眼睛，关上电视，
感觉自己参与犯罪少了点，
虽然我明白在生命的油灯里
总得不断添加血液，
他人的血液。

罪孽少些，但并非没有罪孽，
我和猎手们坐在一起，
虽然我喜欢抚摸兔子长长的
丝一般的耳朵，那些兔子
被扔在绣花桌布上，就像被弃于灵柩台上。
我是有罪的，即便我没有扣动扳机，
即便在死亡噪声和凶手无耻的汗味中
我惊恐万分，捂上了耳朵。

罪孽少些，但并非没有罪孽，
不管怎样，罪孽肯定比你少些，
无情的尽善尽美的作者，
是你决定了一切，
然后又教我转过另一侧面颊。

悄悄地

我悄悄地前行
一直走到界线近旁，
我想用裸露的脚尖
　　　　　触碰界线，
就像夏天我触碰陆地
　　　　　和大海间的边际。
但界线退缩
仿佛出于自卫而躲避我，
我继续前行
在被死神打湿的沙滩上
想到自己竟能推开边[illegible]，
或者稍稍越[illegible]界，不知不觉，
心里[illegible]溢满了
　　　　　骄傲和活力。

我之外

我的痛苦并不存在于我之外，
它被关在我的身体的界线之间，
我的身体磁铁般运转，将它从世界聚拢。
可以说，我私有化了痛苦，
而此刻，明媚的空白萦绕于我周围
犹如一道密封的光环，隔离开肿瘤，
至于那肿瘤，我只知道就是我自己。

然而，至于我，连我自己都不甚了解。

惊　奇

抵达的折磨，
出发的困惑，
那些惊奇覆盖一切的
漫长时刻。
惊奇，好似一只滑落大海的球，
由波浪运载着，
在即将到岸的刹那
又漂回到了海里，
还没来得及给予它
起码的意义空隙。

游　戏

多年以来，我都认为
人类最大的不幸
就是地球上人口太多。
然而，我却喜欢同孩子游戏，
怀着含糊的
近乎荒诞的乐趣，
那些照料幼狮或虎崽的人
就得怀有这样的乐趣，
仿佛他们在照料几只小猫，
全然忘了游戏必须停止的
那一刻总会来临，
可他们总在延迟着那一刻
犹如在俄罗斯轮盘赌中。

我同终将会长大成人的孩子游戏
试图延迟他们将快乐地
撕咬我的那一刻，
长大成人，
越来越多的成人，
太多的成人，
而我却孤独地留在童年。

持续的失去

失去并不难，
兴许这本身反过来还是种乐趣，
尴尬于它所隐藏的
难以解释的欢喜，
某种发觉：你可以活着，
没有任何可以失去的事物。

即便事关一个生命，
痛苦包含着微小的
自由的碎屑，
微小得可以成为一粒种子
从中，泪水之外，
你还可以期待着有什么上升。

失去并不难，
事实上，上升无非就是
持续的失去，
坠落的事物和生命的压舱物
有助于你攀升，
将你推向洪荒，
那里孤独
成为原料，用于建造
梦寐已久
却无人居住的宫殿。

写作间隙

巨大的写作间隙，
犹如古怪的寂静
时不时被
哭泣的野兽发出的
阵阵哀嚎打破，
一些含混不清的声响
我那只人类耳朵
怎么都难以
辨别出意义，
不明白它是否已经失聪
或者那位一贯的口授者
忽然拒绝再说话，
感觉荒野中的嚎叫
是唯一的表达方式，
我不知如何
听写的
表达方式。

从镜子中

不要替换掉我，
不要在我的位置上安排
另一个人，
另一个你认为还是我的人，
另一个你徒劳地
让她穿戴我的词语的人。
如果你不怜悯我的话，
怜悯怜悯它们吧；
不要强迫我
在一个陌生人面前消失，
一个厚颜无耻
冒用我的名字的陌生人，
一个仿佛
从不认识我
却在模仿我的陌生人。
不要试图断言
我还是我，只是有所改变，
不要羞辱我，
将我从镜子中抹掉，
只让我留在照片里。

在伤口里

我们生活在伤口里
并不知晓
那具受伤的身体属于谁
也不明白那具身体
为何受伤。
唯一确定的是
包围着我们的痛苦，
我们的存在试图去治愈
却反而被感染上的
痛苦。

不同的语言

他的孤独生出了我们，
他的孤独造出了世界，
为了将我们带到世上
带到他身边
好有人同他说说话。
我们知道我们被他造出
我们知道我们存在
都是为了回应他，
可我们并不知道
即便他，无所不知者
也没料到
我们说着不同的语言。

时　间

过去之前
是过去的过去，
过去的过去之前，
是另一个过去，
一个没有起始
却被用心活过的
过去。

未来之后
是未来的未来，
未来的未来之后，
是另一个未来，
一个出于恐惧
谁也不敢想象的未来，
一个仿佛谁也不相信
将会来临的未来。

唯有你身处的
此时此刻
在瞬间的侵蚀中，
同时紧急存在着
现在的现在，
在现在的现在的中央
隐藏着另一个现在的深渊，
今天的今天。

网

一切神秘至极。
天才的蜘蛛
为整个世界
编织好一张网，
随后开始窥视，
留意网的命运
和网的牺牲者——
没想到，它自己成了
一张更大的网的牺牲者，
陷落宇宙
那无止境的网里，
它悬挂在那里，
不知是谁编织了那张网。

没有沙的沙漏

一只没有沙的沙漏，
一种没有实质的形式，
佯装正在测量
某件并不存在的事物，
时不时地
胡乱捣鼓一下，
为了让虚无
从一头流向
另一头。

如此等等

我只梦见我自己。
虽然有不少人
惊恐万状，
但我知道，唯有我
随时准备着梦见自己。

即便我醒来
我知道，那也只是一个
有关醒来的梦，
而我迫切地等待着梦见自己再度入睡
以便能够梦见自己正在做梦。

多么奇妙的自我游戏！
多么无穷无尽的游戏！
因为就连穷尽
也将由我梦见，
如此等等……

瓦西里·丹

（一九四八年至今）

罗马尼亚著名诗人。出生于阿拉德县。曾攻读过语言文学和新闻专业。现为罗马尼亚作家协会阿拉德分会主席、《阿尔卡》杂志主编。访问过中国。已出版《景色》《被照亮的云》《内在阶梯》《花园中的哀歌》《生命之路》《诗人的皮肤》等几十部诗集以及中国游记《丝绸之路上的一里》。他常常以凝练、简洁、内在的语言探索自我，探索心灵世界。

蓝　花

你赠予我一朵爱情。
我想说的
是，我伸出手，
仿佛伸进另一种物质，

类似夜。

五个手指，
湿润，纤细，
滴着红色的水珠。

十字架上的条条道路

你，出乎意料，抵达已知之地。
你照亮自己。
一丝丝细小、寒冷而密集的雨
从你的峰顶，汇入湍流。
你欢喜。你发冷。你沐浴。

有人从背后叫你，
虽然你看到他站在前面。

有一回

有一回，他居然笑了。
有一回，他又哭了。无影无形。
天空渐渐黯淡，从东到西。
在正午时分。

光掉进坑里，黑暗
遮不住。

心脏在高空某处回响

你抵达，虽然你没有离开。
你降临，虽然高处全被大地覆盖。
你叫喊，虽然你的舌头已被
恐惧割掉。

你伸出手，虽然它被钉在原地。
你的血液不再冲击身体的
泥沙。

瞧，
我看见你走在前面，
因为你一直跟随着我。

念　头

是一条笔直的街道，
笔直和荒芜得没有尽头。
是早晨，
是下午，
是黄昏。
在街道的上空，
在街道的路面，
在街道的中央，
在街道的沿线，
一只硕大的黑色的鸟
飞近
将它绝对占领。

那里
一支纤细的歌
下方
通过运河。

自由言说

过了相当长的一段时间
我从侧卧中慢慢坐起
随后，颤颤巍巍地，站直双腿。

风，从北方吹来
令我发冷。

一朵火焰，健康地
在我自由的嘴巴里，发出噼啪的响声。
干树枝。小小的真理。

夜

物质在沉睡。
我的胸口，一朵绿色的火焰。

绝妙的对句，在这夜深时刻
含含糊糊地
朝我迎面走来。

古老的寓言

很久很久以前，有个诗人说了谎。
上帝，洞悉万事万物，看见
他的心，将他变成了鸟。
许多许多年过去，另一个诗人
在最后一刻，听到
一只鸟的歌声。
他回过头来。竖起耳朵。多么寂静。

他们的故事已经丢失。

今天早晨

在一口凿在天上的井里，
在一片大理石云上，
你久久地凝望，仿佛凝望
一个孩童的眼睛。

下面
黑发犹如烧过的野草。
大地犹如一只睡梦中
脱毛的野兽。
睡梦中，淤积着黄色的
光。

回家吧。
即便你知道：
此处就是家。
那里。
高处。
下方。

回来吧。

独　白

沉默测试，在开口说什么之前。
白昼裂开，缓缓地，缓缓地。首先脸的种种特征。
一个接一个。光在镜中。波浪。天空。你落在其中
仿佛掉进坑里。你尖叫。无垠的空。纯粹的监禁。
　　　　　　　　　　　　　　　　音乐声。
远方的消息。

伊昂·佛罗拉

（一九五〇年至二〇〇五年）

罗马尼亚著名诗人，生于南斯拉夫。一九七三年，毕业于布加勒斯特大学语言文学系。当过中学教师和编辑。曾担任过罗马尼亚作家联合会书记。出版过《诗歌卡片》《有形世界》《劳动疗法》《事实状况》《死床上的小猫头鹰》《记忆杀手》《紫色的脚掌》《瑞典兔子》等十几部诗集。罗马尼亚评论界称他为“一位清醒的、有着强烈反诗姿态的诗人”，他始终意识到语言的局限，认为诗人仅仅是些书写者。

第一种情形

此处，那个无法成为的人，
背负着冬天
和沉默
以及难以想象的一切。
为当地的
黯淡的景致所围绕，
仿佛一切都已允许，都已标示。
他走着，
发出悦耳的断裂的声音，
假设存在的话，
他会拥有孤独。
孤独触碰他，犹如一个温柔的字母。
他是光明的，
他是圆润的，
他只有一半骨骼。
如果呼吸，
树叶便存在。
如果下雨，
美便聚拢，并一刀两断。
如果梦见一个音节，
言说便会改变。
他泪水涟涟地回到家和语言中。
疲惫不堪，嘴巴往上
冷得要命，
流向休憩和沉思的
瞬间寥寥无几。

月亮的气息显现，
行为的开端显现，
再一次
我变得缓慢，再一次
我无法成为。
再一次，经过的是他人，
纤瘦，犹如稀有的叶子。
再一次，平坦，多雨，
寒意笼罩，再一次，
夜晚连着夜晚。

第二种情形

他存在，就像鸽子
成为我时光和思绪的轰鸣那样。
他在我和那只抓挠的手之间。
在我和那个声称在写作的人之间。
他声称曾写作。
那个正在写作的人。
陶醉大海般舒展。
海洋绿如枝丛的叶子。
我不相信他能承担一种命运
和一种人类的举止。
我并不期待任何奇迹，在他身上发生。

海洋，炼狱，书写，
看见的眼睛。
无法成为诗人的人。
他在吃一只苹果。
他在饮酒。
他在呼吸。
他长着皮肤和毛孔。
他长着道德的双腿，听凭它们引导。
他用手指在雪地上书写，
用粉笔在人行道上书写。
一个无法成为诗人的人。
他长着道德的双腿。
他存在，
他拥有，

他希求，
他坠落，
他行走，
他沉默，
他呼吸。
他吃一只苹果。
他和雨一起走进屋里。

旁　边

此处，可以看得清清楚楚：
我小心翼翼地烧着它的翅膀。一道火焰
在指间蜿蜒闪烁，
比美更加沉重。

旁边，
一只山鹑高高的，纹丝不动——
我的血液在奔跑中让它贴近
视线中的一切。
欢乐是它的眼睛和它的眼睛所见。

我那含糊词语的嘴巴

我平静地坐定，努力复原
某种情景。
必须给予他人词语和忧伤，
忧伤的效用。
给予他人，
这笔数目沉重的邮戳。

用我的言语，你平静地测量我那干净的人生，
一块罪孽的面纱
揭开了他刚巧露出的
雾腿。
在我那含糊词语的嘴巴里
一种负担恰恰是他人的欢乐。

鸟的新颖

我对自己说：

扒下鸽子
长长的铁锈披风
一定是个盛大的节日。

身上的咬伤
无法分解
统治词语的空间。

在你身边，我将充满新颖，
眼睛与身体亲密地在一起。

卡西安・玛利亚・斯皮里东

（一九五〇年至今）

罗马尼亚著名诗人，出生于罗马尼亚文化名城雅西一个教师家庭。一九七五年，毕业于布加勒斯特理工学院机械系。当过机修工、车间主任和编辑。一九九一年，创办时间出版社。一九九四年，创办《诗歌》杂志。现为罗马尼亚《文学对话》和《诗歌》主编。出版过《从零开始》《黑夜星座》《爱与死》《雨总是冲刷着断头台》《瞬间面带讽刺的微笑飞翔》《从一个废弃的小站》《生命线上的绳结》《摆动的诗歌》《词语降临我们中间》等诗集。除诗歌外，还出版了多部散文随笔集和文学专著。

斯皮里东是一位独具个性、成就卓越的罗马尼亚诗人。在他看来，诗歌就应该是朝向天空开放的花朵。神性，灵魂意识，自由精神，探索姿态，既是他诗歌的内在动力，也是他诗歌的永恒主题。他的诗简练，坦诚，质地坚硬，注重内在张力，字里行间回荡着灵与肉、人与世界的深刻对话。

斯皮里东还是一位出色的诗歌活动家。他创办的罗马尼亚雅西国际诗歌节已举办过五届，在世界诗坛产生了一定的影响。他的诗歌成就和诗歌活动为他赢得了罗马尼亚作家联合会散文奖、罗马尼亚科学院爱明内斯库诗歌奖等几十项国内外奖项和荣誉。

如此稀少

星子
　　雨点般的眼，从上端
一眨不眨地盯着我们的生命
微微闪烁
注视着我们的每一举动
心脏的每一战栗
　　　　　最琐细的情感
生育的悲号
　　　最初的脚步
　　　　　不可阻挡的爱情
　　　　　　　　　和罪孽
它们监视着，一缕呼吸都不漏过

它们端坐
　　　　　于天空
　　　　　与不朽结为孪生姐妹
它们拥有那么多的眼
　　　　　　看护着
如此稀少的
　　　　　　安慰的手

在影子脚下

白昼流逝，犹如瞬间潜行
夜晚流逝，犹如星辰闪烁
生命滑动，仿佛原野中的生物
　　　　　就连青草都不摇动

唯有爱情
　　　　　　　或者她也并不
照亮那些未受诱惑者
一个依然自由的种族
在堡垒和岩石中间
　　　　　　被怜悯的太阳晒白

黑暗中无能为力
正午时毫不真实
当三叉戟
　　　刺动着火焰内脏
生命坚守在
　　　　　　影子脚下

我是词语

唯有石头能够理解
另一块石头
纵然它在黎明的
石子路里安睡
被坚定的光脚跟
在晨露中
踩踏
那脚跟
属于万物起源之母
所有民族之母

我是简短的词语
仿若瑟瑟发抖的夜晚
无尽的悲伤
从中流淌
我是词语
它们一拼凑而成，你就
看到死亡，在流血的岩石上
有上帝之子，就已足够

哦，久经考验的母亲
你用心灵之牛
耕耘着
忍耐的田垄

卡西安·玛利亚·斯皮里东

变　形

星座书写于穹顶
　　　　　　　它们登上皇家天梯
一架显现在
　　　　　　　　爱情脊背上的天梯

北天星座
　　　　北面五颗星子会合
比邻英仙座、仙女座和仙王座
　　　　　在夜的战无不胜的表面流浪

此地
时刻被浇铸成
　　　　　　　　蜡填满的形状
并且
犹如在大型铸造车间那样
一滴一滴融化于
　　　　　　翻滚的洪流中
在宇宙时间的压迫下
　　　　　　　　　　　将我们变形

徐缓的
　　　　　毫不留情的变形
毛虫
　　　　蝶蛹
　　　　　　　色彩缤纷的蝴蝶……

无　题

太阳
身穿宽松的光之披肩
照在
我们心灵的晌午上
照在驯化的狗和饥饿的鸥鸟身上

唯有叫喊停留
用嘴巴
将我们围住
在一千个
又一千个，再一千个湖上
张开
清凉的镜子
藏着女神
随时准备窃走你的影子

分散
在大地的牙槽上
唯有视觉在星光上
滑行
在针叶树
绿色的枝丛下
我们相互寻找

林子里
叫喊
不断增强
直至喑哑

犹如一只硕大的眼

山峦耸立
如一柄利剑
钉在光中
有人
用手掌没完没了地
拍打着门

你肩靠着天空
像一只天平
在历史的夜晚
一个天使用红色的背
在漆黑中间引导
这里
在守护海洋的
岸边
可以看见那斗士
凝固成石头
陷入预言般的睡眠
手执着备好的武器

一个僭越的国王的幽灵
通过岩石般的静脉袭击他
那幽灵射出
一道僵化的目光
高喊：复仇

哦，你们苍老的心灵
　　　　　　　　还能承受多少
然而
　　　　　　　　谁将听到你们
　　　　　　　　　　　　全部的哀怨
一切的绝望
在身着紫袍
　　　　　　　　　在天边滚动的太阳下
犹如一只硕大的眼
以探究的目光朝向深处张开

那里我看见光荣
　　　　　　　怎样一步一步
　　　　　　　　　　　　　走向深渊

卡西安·玛利亚·斯皮里东

无　题

那个陌生人
在寻找我的灵魂
我猫一般
消失在夜色中
时间
庄重地吊死在我身上

祭　品

在大海衰老的岸边
在中秋的凉爽中
我踏上易碎的贝壳之岸
贴近宁静的波浪

大海倾听着我的愿望
一阵浪涛轻轻跃上
　　　　　　珍珠母色的岩石
　　　　　　　　裂口的脊梁
　　　跃上两只高筒皮靴

咸水上涨
在犹如古老黄金的色泽中
脚跟和踝骨战栗着
接受拥抱
　　　　仿佛接受一份爱的祭品

更加驯化

雾在窗外弥漫
受骗的帷帘装扮成幽灵
　　　　天鹅被一阵光雨杀死
　　　　　张开翅膀坠落

从塔楼里看得见荒漠
一步一步贴近城墙
——我是否还有一个恋人——
面容／此刻我能理解
有时令我惊恐
以雕塑般的僵化

忽然，我发现
　　　　　　　　我是自由的
在影子的包裹中

黑 暗

是一种坠落
　　　　　　犹如果实
　　　　　　当季节来临时
就会从枝头脱离

思想的叶柄折断
岁月响起
　　　　　　在堑壕中滚动
其他期许坠落于思想之上
一如呼唤季节的冰雹

是奥秘笼罩的夜晚
　　　　　　一旦来临便不再
离去，令爱情黯然失色

一阵强烈的轰鸣
　　　　　　　　搅动四野
跟随我们
从天空降临
　　　　　　　　　　　西边
　　　　　　　　　　　　　　　鹈鹕
飞到硕大的
　　　　　　黄睡莲
　　　　　　　　聚集的地方

唯有那些飞翔的

创世纪来临
造物主
点燃所有发光体
召唤嫩芽
        品尝湿润的空气

正是花儿生长的时刻
                那些树枝上的花
                那些细茎上的花
昼与夜
它们匀称地
                摇曳
                        在天空的天平上

那里
                太阳和星子
在天穹漫步
天穹将它们聚拢
一如河流和土地
                        都各自
                            聚集在一起

经由天宇
        在一切的
                飘浮物之上
它们结为一体

唯有那些飞翔的

诞生于水中

又在地上筑巢

它们挥动翅膀

飞越

清澈的天空

卡西安·玛利亚·斯皮里东

风景诗

难以理喻的远方
和平庸无常的近处
河流
　　　　　　长着宽阔
　　　　　　　　翅膀的鹈鹕
卧于波浪　随风
　　　　　　　　　　摇荡
在紊乱的星座上

水路引导着我们
以不同寻常的静谧
　　　　　　在正午的光中
沿途点缀着杨柳
　　　　　　　睡莲和尖尖的芦苇
守护在两旁
　　　　　　在虚幻的岸边

鸟儿用高高的刺耳的声音
　　　　　　　　　　　　宣告它们那
　　　　　　　　　　　　　　　　耀武扬威的在场

任由剥夺

树荫中
我在倾听野鸽子的
声音
在富饶的正午
循着非洲鼓的节奏

棕榈树耸立
叶子干枯，从下至上
树顶
仅存几片绿叶

一棵树保存着
自己所有的装饰
无论活着还是成灰
掌状的叶子拒绝别离

唯有悬铃木褪下树皮
任由剥夺
犹如逾越节的羔羊
骄傲地踏上风的路途

龙卷风中树皮分离
登上重重天宇

无从知晓

我踏上路途，身后不留下足印
我拒绝自己的影子
　　　　　　在月亮抑或白昼天体下
我挥发成灰
为了化为远方
难以耕耘的
　　　　　　　田地中的黏土

一缕幻觉：迎向那把
　　　　　　长柄镰刀[1]，仿佛
　　　　　　紧握在一名收割者手中
在青草的相宜时刻

假若能怀抱爱情
　　　　　　　重新找到我
她
　　　　　　　残暴者
都将无从知晓
　　　　　　　究竟将那
冷酷的戟
　　　　　　　　　　藏到何处

1　长柄镰刀：在罗马尼亚民间是死神的象征。

但还剩下什么

哦，这手指显得多么长
搜寻眼窝的手指
　　　　　　搜寻白昼残骸的手指
搜寻夜晚脑子的手指

一根尖利的手指
　　　　　　　　　　几近一把箭
射向那疑惑的心
废除任何要求
上诉和宽恕权的企图
一根从不饶恕
　　　　　　　　　　却总是理解的手指

时刻武装着
　　　　　　像一支行军中的部队
这手指长在
　　　　　　　　　　　　　　勤劳的手上
但从流向
　　　　纸页白色原野的
蓝色血液中
　　　　　　还剩下什么

中午状态

她来／收拾屋子
洗碗
　　　　墩地／哄孩子睡觉
浇花
　　　　　喂猫／狗
开垦花园
　　　　　整座爱情庭院

她走进厨房
开窗
　　　　关窗
打开煤气灶
　　　　所有的火眼
观察／细听煤气静静的嘶嘶声
坐进摇椅
　　　　望着窗外
　　　　勇敢的
　　　　葡萄
　　　　树叶的动静
在中午的温暖中

缓缓地／气味占领房间
无人开门

卡洛丽娜 · 伊莉卡
（一九五一年至今）

罗马尼亚著名女诗人。出生于阿拉德县维德拉村。毕业于布加勒斯特大学哲学系。当过编辑、记者和外交官。罗马尼亚有影响的诗歌节“古尔德亚·德·阿尔杰什国际诗歌节”的创办者。已出版《像银河一般无拘无束》《炽热与火焰》《不够完美的十四行》《紫色》等十几部诗集。她的诗大多以爱情为主题，温柔，细腻，朴实，充满女性气息。

献　辞

我亲吻读者的眼睛，
我亲吻他们忽闪的睫毛

还有那皱起的眉头
仿佛正专注地将我倾听

倘若读者是个男子
我亲吻他犹如亲吻一道源泉

倘若读者是位姑娘
我亲吻她恰似亲吻一朵花儿

但倘若他是名诗人
那我就让他，就让他亲吻我

小小的祈祷

主啊，请眷顾我的母亲
如今，她已进入耄耋之年
一切都在衰减，一切都在消逝
轻盈化为沉重
主啊，请眷顾我的母亲。

主啊，请眷顾我的女儿
她有点孤僻，也有些孤单
头脑简单，容易轻信
时常将沉重当作轻松
主啊，请眷顾我的女儿。

在她们中间，请眷顾我
请为我赐福于她们
因为此时，我们如此微弱：
仅仅是树根，树干，和枝丫
主啊，唯有你才能宽宥我们。

然而，我们中间，谁更富有：
是拥有女儿和外孙女的我的母亲？
是拥有母亲和外祖母的我的女儿？
还是既拥有母亲又拥有女儿
既为母亲又当女儿的我？

我偷来一朵玫瑰

我偷来一朵玫瑰
那朵玫瑰，一个孩子
树枝的孩子，
黑莓的树枝，
大地的黑莓，
天空的大地，
重重天空，在它上方

上帝看见了我，
上帝和圣子，
圣子和圣母，
圣母……然而我的母亲
我的母亲倘若看见我，
兴许会训斥我一顿。

她的训斥恰到好处，
正当我闻够了花香，
将玫瑰放下，

放在小山冈上，
放在墓室顶上，
那空空的墓室，
时刻都在等着我们。

我愿看着你笑

我愿看着你笑
点燃眼睛，熊熊火焰
烧毁烟灰色的黑眼圈周围
紫色的枝蔓，那黑眼圈见证着
我们无数难忘的不眠之夜。

我愿看着你笑，
并与你一起笑：
上齿展现给下齿
下齿展现给上齿
我的展现给你的
你的展现给我的
宛若洁白的石子
从流自山中的清澈的
溪水中
展现
从一道岸到另一道岸。

如此多的亲密分享
仿佛再一次做爱——
在一同笑的人们中间。

因此，让我们消除偏见：认为诗人
只会忧伤
只会从圣杯中饮用痛苦！

哪怕为了知晓

　　　　　　　　什么是幸福

哪怕为了歌唱，

　　　　　　　　关于幸福

　　　　　　　　寻找幸福

他们也该品尝一下幸福的滋味。

诗歌时代

“不再有诗歌时代！”
难道有过诗歌时代吗？！
“从未有过诗歌时代！”
但我可以为她创造。

冲破睡梦，冲破我自身，
任由别人来来往往，
整个世界都可留给他们，
但他们还是不知，如何对待这个世界。

尼基塔·丹尼诺夫

（一九五二年至今）

罗马尼亚著名诗人，出生于苏恰瓦县穆塞尼察乡。经济专业毕业。已出版《笛卡尔的水井》《平原边上的丑角》《事物之上，虚无》等诗集。诗人热衷于探索永恒、不朽、虚无、自我、时间等主题，常常赋予《圣经》故事和各类神话以新的含义。

黑色的天使

对我说说事物的深刻，
说说事物不祥的忧伤，
说说它们的精神和秩序。

对我说说不祥的美！

天使即将下凡。
黑色的天使。
钟声即将响起，
黑色的钟声。
那时，一切将重新落进
自我，在精神和秩序中。

来吧，黑色的天使！

一切将在自我中崩溃，
铜钟将永远敲响。
对我说说不祥的美！
否则，一切都将终结
在秩序的精神中。

让一切在自我中崩溃吧！……

黄　昏

问问雪、蓝色的犄角和影子
你的足印在哪里，你的痕迹在哪里
问问血、盲从的吊杆和炊烟
哪个是你的足印，哪条是你的道路
问问井底深处的深处
哪副是你的面容，哪种是你的罪愆
问问天空、水和泥土
终结在哪里终结，开端在哪里开端
问问寒冷的清澈和大雾
谁人顶着你的肉身和脸
问问高远的坠落，高远，天穹
落日在哪里落日，日出在哪里再次日出
问问空无的圣杯，空无和陶罐
哪具是你的肉身，哪道是你的影子……

随着时间和水的流逝

随着时间和水的流逝
万事万物都将汇聚成一个：
我的手和你的手
我们所有的手
将汇聚成一只
无所不能的手；
我的声音和你的声音
我们所有的声音
将汇聚成一个
无所不知的声音；
我的心脏和你的心脏
我们所有的心脏
将汇聚成一个
无所不爱的心脏；
我的眼睛和你的眼睛
我们所有的眼睛
将汇聚成一只
无所不察的眼睛……

到那时，世上只有
一只手、一个声音和一个心脏
一只眼睛
和一个大脑
那个大脑会关闭所有的手臂，
所有的目光和所有的思想，
就像一只硕大的蜘蛛，处处存在。
蜘蛛之外，
只剩下永恒的和平……

和散那[1]

他眼睛睁得大大的，
他不认识路。
他在圆圈中转圈，在穹顶
描绘一个完美的圆圈。其他所有人
都在转圈，所有人都在同一个圆圈里，
跟随着他，齐声高唱“和散那”！

1 和散那：基督教圣歌中赞美上帝的用语。

无　人

他们绕着山走了三周，
最终抵达峰顶。但那里
空无一人。他们围成圈坐下，
四下打量。哪里都不见
一个人影。他们齐声大叫，大哭。
无人回应！

面　容

你用手掌拍击水面，
但触不到自己的面容。
你将双手伸进水里，
但触不到自己的面容。
……就像一枚铜钱，
它缓缓滑落，越来越深。

手

我将指甲刺进空气，
　　空气开始流血。
我用双手抓挠水面，
　　水面开始流血。

但手不流血，但手不流血！

二十世纪

我死的时候，上帝
还没有出生，
我出生的时候，上帝
已经死了！

二十世纪就要结束。
马尔克斯写出了《百年孤独》，
尼采创作了《查拉图斯特拉如是说》，
人类踏上了月球。
那些死去的天使
纷纷从空中坠落！

天边传来消息
第三次世界大战即将爆发。
爱因斯坦死了
上帝也已死了。

一个世界的结束正在结束，
一个谁也不再相信的
人类的开始正在开始。
街上依然刮着黑色的风，
空中依然盘旋着
不安的鹰。
那依然忧伤的钟声
宣告着一个新的开端。

哈利路亚！

事物之上，虚无

你们看不见我的脸，因为我的脸
同你们靠得太近。
善与恶，部分与整体，
光明与黑暗，
这条永无止境的路
在万事万物中结束。

你们看不见我的脸，
也感觉不到我的影子，
因为我的影子总是在你们的影子里：
善与恶，部分与整体，
光明与黑暗，
这条永无止境的路

在万事万物中结束——

抽烟斗的男子

一个男子二十七岁时
背对墓地
抽着烟斗。
他不是烟民，却在抽烟。
二十七岁时，拿破仑已是将军，
穿越阿尔卑斯山，占领意大利。
莱蒙托夫被一颗子弹射中，奄奄一息，
在高加索山的某个地方。
叶赛宁千方百计要上吊自尽。
那男子背对墓地
抽着烟斗。
他的面前是一片光秃秃的平原，
光秃秃的平原那边是城市。
他的背后是一排排的十字架，
一排排的十字架那边也是城市。

二十七岁时
他在那里想：
拿破仑已是将军，
穿越阿尔卑斯山，占领意大利。
莱蒙托夫被一颗子弹射中，奄奄一息，
在高加索山的某个地方。
叶赛宁千方百计要上吊自尽。
就在他想的时候，
从城市那边驶来
一辆四匹黑马拉着的马车。

马车的后面，
拿破仑在穿越阿尔卑斯山，
占领意大利。
拿破仑的后面，军乐队在演奏。
军乐队的后面，
莱蒙托夫被一颗子弹射中，正奄奄一息，
在高加索山的某个地方。
莱蒙托夫的后面，军乐队在演奏。
马车抵达门口，停了下来。
马车的后面，叶赛宁
正千方百计要上吊自尽。
叶赛宁的后面，军乐队在演奏。
差不多二十七岁时，
那男子倚靠在铁栅栏上，
抽着烟斗。
他的后面，有人在掘墓，
掘墓人歇息的时候点上了烟斗。
那男子戴着帽子，
围着披巾，穿着带条格的喇叭裤。
他不是烟民，却在抽烟，
他的后面，军乐队在演奏——

景色：街道和影子

你会梦见这条街的影子，他们说，
于是，一道绿色的影子在他梦中出现。
你会梦见这只手的影子，他们说，
于是，一道绿色的影子在他梦中出现。
你会梦见这些嘴、这个头、
这些眼、这些颅骨的影子，他们说，
于是，一道绿色的影子在他梦中出现。

风景中的手和翅膀

每个人背后
都有一名守护天使。我背后的
天使已经坠落
可这些手精致，一如翅膀
如此怀恋地
蒙着我的眼睛
它们究竟是谁的手？

丹尼莎·科莫内斯库

（一九五四年至今）

罗马尼亚著名女诗人、出版人和翻译家。出生于布泽乌市。在家乡读完小学和中学，后考入布加勒斯特大学罗马尼亚语言文学和英语语言文学专业。大学期间，就开始活跃于罗马尼亚文坛，经常在《罗马尼亚文学》等文学杂志上发表诗作。大学毕业后，曾在进出口公司当过翻译，后步入出版界，在宇宙出版社担任过编辑和主编。二〇〇七年起，担任罗马尼亚人文出版集团小说分社社长。一九七九年出版处的女诗集《逐出天堂》，为她赢得了罗马尼亚作家联合会新人奖。之后出版的《银刀》《波涛上的小舟》《火的痕迹》等多部诗集也受到了评论界的好评。她的诗歌冷峻，内在，激烈，富有想象力和戏剧性，常常用隐喻、反衬、对比、荒诞等手法挖掘内在心理，描绘现实世界。她的诗歌已被译成英语、法语、西班牙语、德语、意大利语等十余种语言。除诗歌创作外，她还翻译了不少英语文学作品。

唯有我还在迎候欢乐

我看见废墟中一对对恋人
我看见患病的太阳
朝着我那些朋友的
不少幸福瞬间
啐唾沫：
先用冰花引诱
随后又将烂苹果扔给他们。
他们的身躯扬起瞬间的傲慢
秋天，用淫荡的雨
拆穿了蓝宝石物件赝品
雕刻在树上的新人们
纷纷逃离……
唯有我还在迎候欢乐
迈着糖脚从恶中走来的欢乐。

梦和罂粟

车厢窗户，一幅画
各色照片，幻灯片
实在容易，将过去
绕成一个线团，
将气氛引入一首诗
或一封
如此开头的信：
“亲爱的，很久没有给你写信了。
也许因为雨，也许有时心里没你，
而有时我在骗你，
也许在此期间，我已自杀。”
就这样，我们又重新建立起个人声誉，
被忘在有轨电车座位下，紧挨着一只
装满梦和罂粟的篮子的声誉。

秋日图景

两分钱的忧伤咬着语言。
掐着它的脸，就像掐着
一个过早涂脂抹粉的女孩。
孤单的恋人
朝坐在长椅上的女人扇巴掌，
恰似医生在尽力
挽救一个自杀者的生命。
（越来越多的叶子和报纸
聚拢在周围）
男子绝望至极
想将她赶走——
但她的心仿佛勾着他的
手指——就这样，他留在她身边
直到俩人最终消失在叶子和报纸的
墓地下……

一道沉睡孩童的瀑布

从柔弱女孩的长辫中，
一道沉睡孩童的瀑布
在金色河流上启程；小小的颤音
在他们半闭半开的
嘴角延伸，
他们缩成一团，漂浮着，
仿佛因过早离开母亲的肚子
而虚弱不堪。
我在岸边等候着他们，
将他们一个一个送进
充满螺丝、螺帽
晶体管和钉子的房间。
他醒来时
会不会将孩童们睡梦的音乐
同倒在床头的
电容器中锡纸的嗡嗡声
混淆在一起？

迟来的平行

可是，我向你们发誓，在昨晚
死去的病人
和与四名男子玩着纸牌
长出指甲的
女孩之间
没有半毛钱的关系。
病人自认为在战争中冻伤过
总是在要毯子
尽可能多的衣服和毯子。
女孩不时中断八张牌游戏，
给外省一家医院打电话。
据说
（大概）
两人笑容相同，
右手捋头发时
姿势相似。
除此之外，我向你们发誓，
在昨晚死去的病人
和玩纸牌的
女孩之间
没有半毛钱的关系。

家庭图景

老爸又将刚洗的衣服
落在市场摊位上了
姐姐自个儿
去寄情书，显摆似的
给我看了看
老妈偷偷为祈愿捐了点钱
（上帝啊，将我从未得到过的
幸福，赐给我的姑娘们吧！）
正当我坐在阳台
在膝盖上写着什么的时候
一只小青蛙大大咧咧闯进
屋子
没有任何人能与我
分享这一场景
因为你
已经献身于死神。

凝望女生宿舍前面的橡树

这个黄昏，我返回
再一次朝向你
我愿像撕裂旧裙那样撕裂青春
并当作食料喂给鱼儿们
如果你的心脏还能跳动
一如地球时刻运转那样。
不多的几样东西留下：
祖母用来让教堂变得稍许温暖的
帽子
父母漂浮的吊舱上方点着的
火柴……
我将提前
到来，否则，太阳会抚触
你的脸，
不留一点痕迹
在你的眼睛闪烁过的地方。

三十岁的女人

梦想膜翅目昆虫
为她身上涂油。
小小的麻醉。
这一执念用幻影
萦绕着她
不愿离弃她，岁月
制造出异端邪说。

她的动作
是归还给
天空的一件珍宝。
哦，不安分的女人
我想如此称呼她，
一见到你
瞬间便有了活力。

但自己的眼睛
却忘了观望她了。

体育诗歌

同样的夜间体育比赛片段
通过没有窗帘的窗口呈现：
一个老人平躺在一张非常宽大的床上。
一个女人突然剖开镜头：
军号和喇叭攻击
他的白山。
我从未见过他的面孔，
在他将报纸从额头上
挪开之前，我就已入睡。在此期间
女人曾跪下身来。

我有时会在陌生的旅店过夜，
沉重的长毛绒帷幔关上一座衣冠冢，
一种奇异的不安拽住我的心，
当我
从阳台上
看到
其他帷幔遮住生活时，
那活像展开的翅膀
遮住用草木填充的丁香。
我迅速逃进没有窗帘的单间公寓，
老人和报纸，
唯一有点生气的事物，
给予我些许温暖。
可如此优秀的成绩，你们还能保持多久？

我的父

雨中的学校犹如波涛上的小舟。
二年级的孩子们写得更快
这一回，他们喜欢造句
课间休息时，还会相互撕打：
我的更厉害，不，我的。
一个女孩凝望着雨
女教师让她做作文
她凝望着雨
女教师发起火来，大声威胁。
她会惩罚女孩吗？
一道闪电劈向孩子们的头
有几个吓得尖叫不断。
女孩开始写道：
“祖母教我背诵《主祷告文》
但只是在家里。”

卢齐安·瓦西里乌

（一九五四年至今）

罗马尼亚著名诗人，出生于瓦斯卢伊县普耶西蒂—伯尔拉德乡一个神甫家庭。一九七三年开始发表诗歌。一九七四年起，在雅西理工学院图书馆当图书管理员。工作期间，修完雅西大学语言系全部课程。一九八〇年调至雅西罗马尼亚文学馆工作，现为该馆馆长。已出版《莫娜—莫娜达》《我前行的方式》《人子》《在绝望的那一边》《卢齐安克》等诗集。评论界称他为“一位用实验手法，以半开玩笑半当真的口吻探索生存本质的诗人”。

瑜　伽

我在冰公寓楼顶上写作——
深夜
我砸坏了
一位前马戏女演员的木梁

我偏爱混乱的矛盾的句法
我写到筋疲力尽
以严重缺乏慎重的
名义
我在字母 L 和 V 之间练瑜伽
厌倦于陈规和确定

我骑上马，再也下不来
我与知识天使们签署和平条约——
我用子弹打穿你们的肉身：
“我就是
你们终将看到的一切”

出　神

今夜，她没有来。
我在等待。
她没有来。又推迟
一夜
观看瘦弱身体的
全貌
观看纤细的双手

她睡在父亲的床上。
梦见双胞胎婴儿。
梦见我闪米特人。在巴鲁伊河
淹死的仓鼠——钉在墙上

整夜，她都在梳妆打扮。
整夜，她都在哼哼唧唧。
她点燃八十支蜡烛。
她忘却一切的虚无。
她畅饮心脏，弹奏吉他。

她在肚子里驮载着我：
又推迟一夜
观看纤细的双手
将灰烬
　　　从我脸上抹去

幻灯片

雾中酒精的月亮。
冷冷的，行星上的
女人在画
男性生殖器般的蛇：
她的脚下
昆虫
排成印度系列，
白皙的手腕
说不出的忧伤

咕咕山谷
眼眶里的深渊。
当当的钟声
庄重
传播：
远处，圣人们在昏暗的
唱诗台死去——
骑士们用帽舌
撕裂画布

七

我出生
带着右手七根手指，
但只剩下了
一根
用它
我为你们描述这些事实：

我曾爱过七个女人
但只有一个当上了女皇——
在她的记忆中，我七天没睡
那段日子
我的灵魂在礼拜

我曾写过七首基础诗
但统统被我扔进了炉膛：
从炉火中，
我只救出
一个词语

七条绳索从天宇垂下。
我敲了七座钟，
但只听见一座钟
发出声响

我曾穿越七重生命：
所有生命都化为
灰尘
你们小心翼翼地
从衣服上抖落

大时钟

我的不存在的生命指控存在的生命
不存在的手指控存在的手
不存在的眼睛指控存在的眼睛
不存在的女人指控存在的女人

这一年，奇数黑夜舒展叶子
又一阵军号吹响傍晚的求助
先锋派们最先一排排倒下
自由是个安抚人心的概念

我们返回
从乔治·雷斯内阿[1]的墓地。
大地在狂喜：让我们一个接一个哑了口——
陨星坠落中，没有一丝
隐秘的含义
没有一点忽略
眼睛、手、
存在的女人的可能

在一个瞬间和另一个瞬间之间，
是所有瞬间的句法

---

1 乔治·雷斯内阿（一九〇二年至一九七九年）：罗马尼亚诗人和翻译家。

论灵魂[1]

一棵棵白杨在夜晚避难所的
窗户里解冻。
它们饮用马群眼眶里的
落日

今夜，
《麦当娜与孩子》图
从墙上掉落
碾死了千百万只蜘蛛

上帝是唯一的意象
在雷区
在油田。
上帝：
墓地中间
多出的死人

一无所知
关于秘密行李
一无所知
关于雪地上发现的剃刀

1 这首诗的灵感源自亚里士多德的《论灵魂》。

一九五四年一月八日

我出生时零下二十四度，在一九四四年之后
最最寒冷最最美丽的冬天。
狼群在欧洲的伤口里嚎叫。
我有点秃顶：父亲管我叫列宁——
我长得酷似西伯利亚一座
大雪覆盖的小村庄

出生时
我预言一个丰收好年，一个出口大年。
我的灵魂多么可怜——
记得那口大时钟
我也许就在里面
一边生存一边想着时间

母亲是世上唯一的女人。
对玄学，我一无所知
对放射性灰烬，我一无所知
对绳索魔法女人自杀
我一无所知。
零下二十四度，在一九四四年之后
最最寒冷最最美丽的冬天。

截　句

明天将是昨日。子夜
我将心脏劈成两半：

我看见圣像中母亲的面容
在一座遥远的教堂里

外省指控腰疼

心上人给我纱巾
可我的身体却是
豺狼和鬣狗中间的
一个幻影

爱情初夜后
兄弟
将军火库
抛向天空

堂吉诃德
迟迟没在雪中露面

母语中，我是个
哑巴

另一个隐士彼得

赶着羊群，走向阿勒颇[1]

钟

谁也不去敲

1 阿勒颇：叙利亚第一大城市。

影子和庙宇

如果我升高，
她也升高

她忧伤
我也忧伤

我们一起想象
上帝的瞳孔

如果我走进庙宇
她自然
留在外面

等我，温顺地
在台阶上席地而坐
以土耳其方式

远方的恋人

我将耳朵贴在地上
仔细听。
我听见了什么？

我听见远方的恋人——
给驯鹿套上雪橇，
我听见她在呼吸

我一直
在等她，
千百年来
我将耳朵贴在地上

瞧，她就要来临
我陷入了恐慌……

米尔恰·格尔特雷斯库
（一九五六年至今）

罗马尼亚著名诗人和小说家，出生于布加勒斯特。一九八〇年毕业于布加勒斯特大学语言文学系。毕业后，当过一段时间中学老师。一九八九年至一九九〇年，在作家联合会工作，同时在《批评》杂志任编辑。一九九〇年起，在布加勒斯特大学任教。

一九七八年开始发表作品。已出版《灯塔，橱窗，照片》《含有钻石的空气》《爱情诗篇》《一切》《利凡特》等诗集。罗马尼亚文学评论界认为“他是尼基塔·斯特内斯库以来诗歌语言最现代化的诗人，词语想象力异常丰富，无穷无尽”。他本人表示：“我在日常生活中的所思和所感构成了我诗歌的基本内容，这比形式要重要得多。”他希望自己的诗歌新颖、质朴、开放，富有感染力，没有任何面具。

从二十世纪末开始，他转向小说创作，目前已成为罗马尼亚国内最具国际影响力的小说家，多次被提名为诺贝尔奖候选人。

石印术

多么宁静。唯有铁轨
窄化为盯视的眼睛。
上帝在校正活字盘上的女人
他的世界模型在建筑竞赛中
获得三等奖。
真冷。闪光灯在闪烁，
水渠的金眼睛睁开
一只经验丰富的耗子在二号水渠上
讲述它的迷宫记忆
乒乓球上的铃声叫个不停
身穿皮衣的明星从黑色的凯迪拉克里走下。
广告即灵魂。
冷。肉挂在骨上
就像百科全书的书页。我们将翻阅
印有国旗的那页，
印有奖章的那页。

多么宁静。唯有铁轨
窄化为盯视的眼睛。
绿色的雪从袖子里掏出一块块头巾，头巾。
一张撕碎的黑白照片，落在沥青路上。

空　间

别把我从这个宇宙驱除
别把我从这些花冠丝线间驱除
别把我从瞄着世界目标的高筒皮鞋下驱除
别把我从内脏照相机配图的爪子下驱除
就让我咯咯咀嚼断头台上传来的潮汛
就让我变成彩带里的木乃伊
就用我的手指为我编织
一件毛衣，套在我脖子上，
以防棺木中
冰冻的真空
别把我从脸颊的水晶化核心中驱除
别把我从星星挖掘的视网膜里驱除
瞧，死者们在挖地道，从一些人通向另一些人
用机枪扫射充血的鱼的下腔静脉
面对着雪之星
真有魔力
别把我从这个宇宙驱除
就让断头台滚烫的玻璃留在我的胃里
就打开我的头盖骨，用绞合线缝上
制服花瓣，报纸花瓣，子弹夹花瓣
就用带子系上我，用铁带和神经带
就让我穿上血背心，但别把我从这个宇宙
驱除，别把我从这个宇宙驱除，别把我
从这个宇宙驱除
别把我从这个宇宙驱除
别把我从这个宇宙驱除
别把我从这个宇宙驱除

哀歌。仿卡图卢斯

死神即将来临。嫩茎将会变成黑色的。
相片将会保持黑色的呼吸。
河流将会漫延至昆虫身躯。
时光瞬间将会指甲般捻拧
胸上的乳头。
水晶眼，没有做爱场所
你可如何是好，唯有石头
将会让云朵膨胀并且爆裂
在一张沉默的脸上那黑色的汗水中。
我们将挥洒，爱情，在血压计
和铝制弩弓的黑暗中，在鱼儿张开
饥渴的嘴巴，朝向用螺栓和风
铆接的水层里。我们将露出
黑色的笑容，在充满嘴唇的手指间
当我们将抽出针和脸皮
爱到不能爱，同带格子的床单
分离的时刻。在乙炔喷嘴的吹拂中
在化石黑色的探照灯
幽暗的血流下，
我们将如何是好？
相片将慢慢地掰开风中的
花瓣，散落在车轨、
雪地和挥霍的器官上

洗涤槽之歌

一天洗涤槽堕入了情网
他爱上了厨房窗角上一颗黄色的小星星
他对漆布和芥末罐坦白了内心
他向汗津津的餐具诉说了苦痛；
另一天洗涤槽终于敞开了心扉：
“小星星，别在面包厂和登博维察面粉厂
上空闪耀了，下来吧，他们并不需要你
他们的地下室就是发电站，里面充满了灯泡
你将金色涂在屋顶和避雷针上
实在是种浪费。
小星星，我的镍想要你，我的水管为你哼出
各种各样的歌曲，瞧他也是行家里手，
存放剩鱼的盘
全都喜欢上了你。
来吧，你将整夜整夜在厨房蟑螂的皇后——
油毡王国的上空闪烁。”

可是，天哪！黄色的星星没有响应这些呼唤
因为她正爱着波美拉尼亚
一个会计家里的漏勺
夜复一夜痛苦地将他凝望。
于是，很久以后，洗涤槽开始提出有关
存在意义和生活目标的问题，
很久很久以后，他向漆布呈交了一项建议。

——曾几何时我也卷入这爱情的游戏，
我，窗帘上的破洞，为你们讲述了这个故事。
我曾爱过一辆米黄色的达契亚，她是如此
美妙，我以前从未见识——
可是，怎么说呢，如今我的孩子已经上学
曾经的一切就仿佛梦幻一场。

致大师

我的游戏伙伴，在我抽烟的时候，
我的枕头同你的脑袋睡了一觉。
我们彼此醒着的时间已经够长，
伏特加瓶子在它最厚的部位半裸：
你的香烟直接玩起了二猜一。

我们的高潮或者我们在戏弄人的争论
以及法国图书馆电影之间模拟的性爱，
同季节的行李装在了一起。
你将把你的艺术传给别人，
我将用不同的韵脚把它制作。

但让你的满足睡在我的枕上吧，客人：
我无法将你孩子般的胸腔
理想化为波德莱尔的混血儿——
不知明天在车站干些什么：
直到夏日，我们都将拽着包裹
在插着彩旗的月台上晃悠，
邮寄正方形的信封——

减去眼镜，你已亮出心不在焉的喜色。
多么值得一看，穿越二十一号窗玻璃格的月亮！
但我们“爱”的日日夜夜已同季节
裹在了一起。你将把你的魔术教给别人，
我将在韵脚中一遍遍地学它——

当爱是你所需要的东西时

当你需要爱时，一点爱也没有。
当你为爱疯狂时，得不到任何回报。
当你孤独时，你就一直孤独。
当你沮丧时，找不出任何缘由。

当你想拥抱什么人时，身边
一个人也没有。当你想
打个电话时，没有任何人接。
当你陷入深渊时，谁又会在乎？

留下来吧，想想我吧，
对我好点，别用嫉妒让我发疯，
别离开，另一次分手会要我的小命，
留下来吧，接纳我吧。

理解我吧，我并不渴望野性的生活，
甚至都不希求对话，和我同居吧，
让我们丢弃这金子的法则：性是一片莽丛。
让我们妥协吧，让我们订婚吧——

可我难以协调，爱没有列入菜单。
当你需要它或为它疯狂时，
却得不到任何回应。当你陷入深渊时，
没有女人想要知道。

你拥有各式各样的电器

你用不同于我的模子造出。你令我恐惧。
你是个怪物。我怕你。
你有我所没有的东西，比如，你有乳房，
你有胆量。
你有一大摞连衣裙，你有上过大学的亲戚。
哦，天哪，你的长发披落至腰间，
柔软，幻影一般，像一辆水果出口专用卡车，
能从宪兵身上驶过。
你有美臀，你有情人，你会发神经……

你的无意识一定如此强大，
以至于仅用一个手势，或者一点面霜
就可以独自缩减城乡差距，
就可以消除色情和暴力浪潮。
不，假如你有一部关于化合价的文献片，
而我有一块仓库房顶的铁皮，
我们就不会如此陌生，在与雅典娜宫
卡贝耐红葡萄酒以及轿车关联的现实中。

你触碰我时，我会战栗。听到你打电话时，我会恶心。
为何必须存在一个像你这样的生物？
为何此刻又必须不再存在？
野兽，满脸雀斑的妖怪，轻浮的女人，
披在铁皮罐颌部的纱巾，
蠢鹅！

伊昂·艾·博普

（一九五八年至今）

罗马尼亚著名诗人，出生于马拉穆列什县沃拉伊乡。一九八三年，毕业于巴亚·马雷大学语言文学系。当过六年老师。后来到布加勒斯特，长期从事编辑工作。三十六岁时，作为一名成熟的诗人，登上罗马尼亚诗坛。已出版《没有出口的耶乌德》《波尔切克》《潘特利蒙双一一三号》《桥》等诗集。他的诗大多以叙事为主，就像一则则寓言，阴郁、荒诞，却又有诗意，揭示了人类景况的悲哀和无奈。在他的诗作中，我们可以明显地感觉到存在主义和卡夫卡的影响。此外，他还有两个个人偏好：其一，常常将自己诗歌的第一行用黑体突出，就算标题了；其二，诗歌中全部用小写字母，哪怕是地名、人名和专有名词。

像只苦涩的、硕大的海鸟，
不幸漂浮在位于奥尔戴茨街十五号的
单身宿舍上方。

此处，只住着像我们这样的人。
此处，生活令人沉醉，死亡被人遗忘。

而且从不知道谁对谁，谁和谁，
什么时候，做了什么。
唯有风有时吹来烟味和兵器的碰撞，
从加泰罗尼亚平原。

当你爬楼来我们这儿时，朋友，你可得当心：
圣何塞的虱子将会迎候你。它是这里的门卫，
它会奉承你的双腿，它会说，大叔，给我五列伊[1]，
让你通水，门关着，这些家伙总是让我待在外面，
将我囚禁在外面。别信他说的，朋友，你可不知，
昨天，管理员来了，任命它为整个楼梯平台的头儿，
眼下，它掌管着这个房间，这艘该死的帆船下面的水
都抽光了，就僵尸般停泊此地，在三楼。
因此，付他钱，朋友，他是舵手，总是摇晃，
就像古时那样，当船在水上跃动的时候。
如果它骂娘，你就乖乖听着：骂娘的时候，
它在祈祷。这里所有人都这样。
用不了多久，你也会这样。

---

1 列伊：罗马尼亚货币名。

此处，只住着像我们这样的人。
此处，生活令人沉醉，死亡被人遗忘。

仅仅在罕见的悔恨和信仰的时刻，夜晚，
墙壁会变薄，伸长，增高，
就像块颤抖的裹尸布，裹着一具非人世的肉身。
但谁也不会醒来。到了早晨，宿舍再一次成了
一件揉皱的衬衣，只有我们从衬衣口袋里钻出，
就这些，只有我们，就这些。

此处，只住着像我们这样的人。
此处，生活令人沉醉，死亡被人遗忘。

晚餐后，集体合影

在餐桌周围。兴许想着心思。兴许只是
累坏了。一只烂桃子，衣衫解开，掉在
地板上——那是他们夜晚淫荡的舞者。
左一是佐利。手托着赤红色的下巴颏儿。
空杯子倒扣在边上。两眼雾蒙蒙的样子
兴许只是累坏了。兴许想着心思。他后面
只能看到我的竖着的衣领，戴着风帽。
我总是忘了不再有人在窥视我。我总是
晃悠，仿佛裹在别人的衣服里。

汉斯坐在右手边上。没错，是他。他已经
三十八了。头趴在桌上。
他有过钱。他有过特雷莎。他三十八了。
这哥们儿有过一个朋友，这朋友有过
特雷莎，特雷莎有过汉斯的钱。汉斯
头趴在桌上，瘸腿桌，我们和他。
当时，他穿三十六码高筒皮鞋。如今
四十一码，旺盛的生命和肝硬化正在床上
等着他。我们中间，汉斯是唯一的成功者。
米特鲁：闲着有一年了，适合当使徒。
此地，他是外来者，此地是所有人的旅店。
他有过老婆和房子，只是全丢了。

我们中间坐着手执十字架的蜘蛛。
总是想着心思，罩在自己的丝绸裹尸布里
仿佛罩在一道闪着温柔光芒的光环中。

黎明来临，天又黑了，他说，
没有一个人会醒来把我出卖。

洗礼

是一个汉斯在房间里偷偷喂养的时辰。
动作更快点，他悄声对它说，动作更快点。
他为它买了衬衫，帮它穿上。为它洗浴，
为它换衣，照料它，就像照料脸上的眼睛。
然而，时辰却昏昏欲睡。它胖了。它宽了
躺满整张桌。它勉强站起身来——
可怜的东西就像狗叫声。
是一个汉斯在房间里偷偷喂养的时辰。

也是一个汉斯带到这个小屋的红西瓜，
并相信它就是自己的婴儿。

啊哈，婴儿熟了，脸色红润。
有一天，一个人将一把刀扎进它肚子。
只听见一声呻吟，一股甜甜的、香香的血液从婴儿身上
喷出，在冷却后的血中，我们完成了洗礼。

四棵留着长长胡须的刺柏包围着单身宿舍。
管理员手执张开嘴的剪子追赶着它们。
我们是神甫，它们叫道，我们不许理发。
我们是僧侣，我们不许理发。

打从来目睹三百五十号房间的神迹，
已有三个月了——
腐败的小丑，我们是僧侣，我们来证实
他的出世，并将他运往墓地。

鸟儿汉斯

夜里，一只鸟儿从窗户飞了进来，
我确信，那一定是汉斯。
像他一样秃头，而且烂醉如泥。
喂，它说，给你五十列伊，到路对面，他们的
老白干棒极了。**再也不去了，**我回答。

它说：打从我从这里出去后，它说，他们雇我
当门卫，在贝鲁值夜班。他们先发给我一个
警示灯。白天，睡觉。晚上，同警察一起
上班。我有钱为你们下葬。我是智慧女神
密涅瓦的猫头鹰。夜幕降临后，我才睁开眼睛。
现在，他们给我晋级了。我肝部有明显损伤。
和你们住在这里时就有。哦！伤口还疼呢。
喂，快去买点什么，我们好庆祝庆祝。

汉斯，我对他说，**再也不去了。**

有一天，我们活着醒来，不知道我们怎么了。
我们对着什么说话，他们说你们明后天
将拥有第一个形象，你们必须要准备好说话，
不过说什么可要当心，不管你们说什么，
都对你们不利。这里是雅得[1]。不管你们
跑到哪儿，都是雅得。

1 雅得：既是罗马尼亚地名，又是希伯来语的第十个字母，有上帝手指之意。

他在庆祝生日，他很开心。桌上
摆着蜡烛，盘子，酒杯。
他很开心。打从出生以来
他已死了整整三十年了。

你会明白：夜晚，一轮冰冷、凶狠的太阳
爬上屋子的上方，它那昏暗的光将阵阵雹子
撒在屋顶，唯有我们听见它，唯有我们看见它，
不然，每天早晨出门时，我们怎么会总是
踉踉跄跄，眼神恍惚，黑眼圈大得
如同床单一般？或者你会以为
我们总是在酗酒？全家人都在夜复一夜地酗酒？
这就是村里有关我们家的谣言？就因这，村民
总是在犄角旮旯窃窃私语？就因这，乡亲总是
见了我们撒腿便跑？

我们敲着门，要他们开门，好让我们出去，
但他们没有听见，他们也在
敲门，要我们开门，好让他们进来。
当门打开的时候，我们撞了个满怀，
可我们并不在意，我们说我们想要出去，
他们说他们想要进来，别把门带走，
否则，出门时，我们就没有什么可以打开，
墙上就会留下一个空白，
我们就会找不到任何出口。

空白

待在家庭中央，并长到了外面。
当你发现它迁徙到内部时，已经太晚，
因为它已夺走你的外表。
一口饮料总是有利于将它填充。
不管怎样，过去如何，未来仍将如何。
然而此刻此地，多么愉快，一直到昨天
都是夜晚。哪儿都比不上！

想到儿子终将死去，父亲惊恐万分，

第一天，就将他杀死了。

那些信的人更加美丽，即便
高处，无人回应他们。
那些信的人更加自由，即便
高处，无人回应他们。
那些信的人更加圆满，即便
高处，无人回应他们。

奥拉·克里斯蒂

（一九六七年至今）

罗马尼亚著名女诗人、小说家、散文家和翻译家。出生于摩尔多瓦共和国首都基希讷乌。一九九〇年毕业于摩尔多瓦国家大学新闻系。一九九三年移居罗马尼亚布加勒斯特。现为罗马尼亚著名文化杂志《当代人》主编。一九八三年开始发表诗作。至今已出版《在影子的另一边》《盲目仪式》《国王山谷》《别碰我》《最后一道墙》《悲剧梦想者》《生命片段》《流亡迷宫》《尼采和伟大的正午》《雕刻家》《异乡人之夜》等诗集、随笔集和长篇小说。此外，她还翻译过阿赫玛托娃等诗人的作品。

奥拉深受俄罗斯和罗马尼亚经典诗歌的影响，常常在诗作中探讨生存、苦难、自我、命运、流亡、生与死、黑暗与光明等主题，其诗歌内在，深沉，幽暗，有着浓郁的悲剧色彩和感人的内在光芒。她的诗歌得到了罗马尼亚读书界和文学界的充分认可，曾获得过罗马尼亚科学院诗歌奖、罗马尼亚作家联合会诗歌奖、摩尔多瓦作家联合会诗歌奖等无数诗歌奖项，还被译介到德国、法国、比利时、意大利、瑞典、俄罗斯、美国、保加利亚、阿尔巴尼亚、土耳其、中国

等十多个国家。她还曾应邀参加过中国青海湖国际诗歌节。近几年来，她积极介绍中国文化，出版中国诗歌，渴望通过文化和诗歌更深刻地了解中国。

符　号

仿佛当你抓住你的含义时，
你惊恐不已，退隐至内心，
执着者，就像进入一间大地下室，
淹没在当当的钟鸣中。
夜晚匆匆触摸了你一下，
又突然撤退，没有留下
任何符号，或踪迹。
依据你内心某人的理解
当当的钟鸣是
飒飒的振翅声，
夜晚只是某个
途经此处的
更加强大者的房子……
而你只是一个异乡人的
符号，似乎为另一种
生命所熟悉，那里，
你曾是他人的梦。
也许。是的。一个异乡人
在你肉身的墙壁中
时而表达，时而隐藏，
就像蝙蝠，在墓穴中。

和这首诗中

我在写。我学着安居于墓穴中；
当我忘记什么是寒冷时——它的疾病就在我身上。
几乎每天——一场地震发生在幽灵中。
我不相信，但还是同我亲爱的伪善的朋友
一起庆祝——并非生命——而是词语！

我们希望相信；在绝望的踪迹里
建造起其他什么：更加深沉，更加彻底。
我们戴上枷锁，形容憔悴，因为同一首诗，
从那里，我们归来，肩上栖息着灰烬星辰。
此地，此刻，惊讶耽搁了我们片刻。
我在写吗？我学着安居于墓穴
和这首诗中：比我稚嫩的手更加真实，
比内心地震更加真实。
我急切地想用我的肋骨
去塑造我亲爱的伪善的朋友……

我不相信；可我还是同他，我无与伦比的孪生兄弟
一起庆祝——并非生命，并非爱情，并非诗歌——
而首先是，灰烬。是的。灰烬……

惩　罚

我在手掌上，在雾气腾腾的窗玻璃上画着世界地图。
我聚拢起冬天的思想——那些支撑我
生命的堡垒，反复说道："没什么，没什么"，
当一队队看不见的钟乳石，

喧嚣着，在我的空无中出现。
它们抵达我的心脏，随后我的锁骨，
接着又爬上我的眼睛，直到我看到处处都
插上长长的声音：红的，黄的，淡紫的，蓝的，灰的……

有人惩罚我，让我看到声音的颜色。
有人逼迫我从气味中建造起宫殿。
还有人命令我时常成为我自己，

倾听一个夏季，一片音响，一朵云，
一个天使，或神话如何在我的每根肋骨周围生长。
我将通过爱来惩罚那些惩罚了我的人。

犹如多重喊叫发出的音响

仿佛你居住于一只钟下，
钟口朝地。
寻了好半天，你都没有
找见那钟的边沿。
一道雾蒙蒙的光，看上去
恰似药棉，包围着你，
千百年来，不停地瑟瑟作响……
有一刻，既聋又哑，
你跑开，远远地，
跑到那里，你内心的地下室中，
并一步一步，通过一束
生动、徐缓的光，走下。

仿佛你正在穿越一只钟，
钟口朝天。
无人。绝对无人。
一切都好。好得不能再好了。
漆黑就像在羊水中。
你品尝着他者的孤独，
那他者即你自己，陌生人。
随后，你描绘你沉默的方式。
你内心某人，惊恐万状，在等候。
他在等候，并看到另一人开始
同时敲响两只钟……他的铁手
在空中，沙沙作响，隆隆轰鸣，
犹如多重喊叫发出的声响。

悲剧梦想者

他第一个犯了错。
他仅用一个思想
雕刻出飘逸的身体
精确得令人气恼，
几乎无人所知，
并愿死心塌地
完完全全地相信
新世界已经开启。

他犯了错，不停地犯着错——
直到，真是让人晕眩，千年时光
将他那无可匹敌的错误
一个字一个字地转化成神话。
可他，即便在那时，也没打住。
他一直享用着
那几乎无人所知的
思想的冰光轮，
独自参加了
并未为他提供庇护的
旧世界的悲剧演出。
他以黑暗为家，为修道院，
在那里导演新世界的演出，
但新世界不明白
你该如何
身处死者和生者中间，
该做什么，如何移动，

坚持多久，坚持到什么地步，
该梦见什么，怎样发疯，
睡多长时间，如何去爱，
才能一刻又一刻
一个世纪又一个世纪
在众目睽睽之下
令人信服地死去

而上帝，如此地孤独，
乏味，焦躁，
你可以像他那样选择
没完没了地重新死去
一遍又一遍
在那一思想
总在说谎的身体上，
悲剧，
绝妙的梦想者
传奇般的错误就在那里
完美无瑕地流淌，
在你面前，在他们面前，
朝向未来世纪。

他就走在那世纪的前列，
悄悄地，驼着背，步履蹒跚，
他，第一个罪人
第一个错误者，
骄傲于自己的往昔，
时时刻刻都在死去
在离坟墓三步之遥的地方。

十二月中

十二月中。寒冷。
太阳就像一块游手好闲的碎片。
雾神将烟书
夹在腋下，
好似在送
一位年轻的死者
最后一程。
邻居院子里，
一位父亲在教儿子
如何放风筝
接着，怎样
打弹弓。

众神纷纷跑开
从白桦，从松柏，
叮叮咚咚地往上爬，就像
守望中的世纪那好战的
蜜中发出的音响。
生与死，就像水母
撞击着陡峭的岸。
没有一丝微风。时间停滞不动。
今天一遍遍重复。同一个今天。
一种预感撕扯着你，将你
同海豚，同那个你即将坠落的
瞬间结为亲戚。

迷　失

我在滑行。我在滑行。我在滑行。
这是歌之夜，也是血之夜。
无人。也无被云蚕食的月亮，
或者树木绿色的影子，
或者房屋大神。
哦，此刻，他在奔走，
沿着瞬间之轴，歌唱，
大笑，哭泣。

无人。仅仅一声叹息
为事物笼罩上自我。
而我，滑行时，扭动身子，
仿佛睡眠中在做噩梦。
或者就像某人，从夜的恐惧中
恢复镇定，在飞神的鞭策下，
超越了自我。他通过我大笑，
哭泣，燃烧，叹息和歌唱。

秋日景致

天真的夜。秋。
降临的天使。叶子中的黄
将黑色星辰掷向目光，
线条，动词，草木，老虎。
随后又让玄武岩神
倾向于生命轴，蔷薇和天马，
孩童，徒劳的鹰和美杜莎。

用存留的一切
还能做些什么？
瞬间冰冷的太阳
在远方。愈加地黑——
每一时刻的黏土。而复活之前
只有一次死亡，或一个音节
同夜晚一样浩大，主啊，邻居。

我的祖国，一扇窗户……

我的祖国？一扇朝我敞开的
窗户，朴实而庄重，期待着
我献身于天空，那认得出我的
鸢尾花、手、迟疑和思想的天空，
不用问我：为什么？直到何时？

我的祖国？一个没有冬天的冬天的
日子，同熟悉的星辰，被怀疑激发的
命运一道，我走进……
一个我们无从命名冬天的冬天。
一个我只想在其中坠落的冬天。

我的祖国也许曾是一句诗，你的，我的，
一句上帝入睡前必读的诗。

译后记：缘分，相遇，诗歌祝福

历时多年的《罗马尼亚诗选》译介终于告一段落，心中分外轻松，也有无限的感慨。

随着年龄的增长，越来越相信缘分。与罗马尼亚就有深刻的缘分，而且是一生的缘分。实际上，当我在少年时代看到《勇敢的米哈伊》《奇普里安·波隆贝斯库》《神秘的黄玫瑰》等罗马尼亚电影时，当我于一九七九年考入北京外国语学院罗马尼亚语专业时，当我学会第一个罗马尼亚语单词，听到第一首罗马尼亚诗歌时，一粒粒种子已然在心田埋下。那就是缘分的种子。只要有缘分，相遇是迟早的事。细细想想，与罗马尼亚，与罗马尼亚诗歌，就是因缘分而生发的一次次相遇，既是文学的，更是心灵的。

大学期间，中国的改革开放刚刚拉开帷幕。整个社会开明，单纯，自由，充满了激情和向上的精神。我们都格外珍惜来之不易的学习机会。非通用语种，班级一般都不大。外教夫妇，加上五六位尽心尽职的中国老师，七八位老师教十五个学生，我们的学习条件可谓得天独厚。到三、四年级，我和几个学习优异的同学已可以出去陪团当翻译了。

那是我人生中最美好的时光：青春，校园，诗歌，电影，罗马尼亚语……大约在大学三年级时，丹尼诺夫先生就开始给我们讲授罗马尼亚文学。我们因此知道了多依娜，我们因此听到了《小羊羔》，我们因此读到了克莱昂格的童话，卡拉迦列的小品，爱明内斯库的诗歌。中国老师中，冯志臣先生、张志鹏先生、丁超先生，都译过不少罗马尼亚文学作品；裘祖逖先生还译过罗马尼亚电影。我对他们简直太崇拜了。上世纪八十年代，那可是文学的时代。文学在人们心目中还占有显著的位置。

时空转换，一九八五年，参加中罗青年友好会见。杭州西子湖畔，罗马尼亚女演员卡门为我轻轻朗诵起斯特内斯库的诗歌《追忆》。我听懂了，异常地感动，并在随后将它转换成了汉语：

她美丽得犹如思想的影子——
她的后背散发出的气息
像婴儿的皮肤，像新砸开的石头，
像来自死亡语言中的叫喊。

她没有重量，恰似呼吸。
时而欢笑，时而哭泣，硕大的泪
使她咸得宛若异族人宴席上
备受颂扬的盐巴。

她美丽得犹如思想的影子。
茫茫水域中，她是唯一的陆地。

一门语言就是一个世界。不，一门语言就是无数个世界。渐渐地，我译起了罗马尼亚诗歌。当时，并不奢望发表。更愿意将这当作一种表达，甚至当作一种特殊的成人礼：期盼着文学充实和丰富自己的人生。

正是因为喜爱文学，大学尚未毕业，《世界文学》编辑部就向我发出邀约，期望我毕业后加入《世界文学》团队。《世界文学》是中国历史最为悠久的专门译介外国文学的杂志。它的前身《译文》由鲁迅先生和茅盾先生于一九三四年在上海创办。在相当长的时间里，它是中国唯一的外国文学窗口，译介了大量外国文学作品，包括罗马尼亚文学作品。一九八七年，我正式进入《世界文学》编辑部。

《世界文学》曾译介过爱明内斯库、克莱昂格、萨多维亚努等不少罗马尼亚经典作家的作品。改革开放之后，杂志更注重作品的艺术性和思想性，将文学价值提升到了一定的高度。前辈杨乐云老师在主持东欧文学译介期间，通过不懈努力，将伏伊库雷斯库、斯特内斯库、布拉加等罗马尼亚现当代诗人介绍给了中国读者。杨乐云老师还编选了罗马尼亚作品选《天上的摇篮》，集子中收录了不少罗马尼亚诗人的作品。以前辈为榜样，让更多有价值、有代表性的罗马尼亚诗人走进中国读者的视野，成为我编辑工作的内在动力。通晓罗马尼亚文，可以原文阅读和选材，译介罗马尼亚诗歌就有可能更加准确，更加深入。就这样，索雷斯库、布兰迪亚娜、伊弗内斯库、格尔特雷斯库等一个个罗马尼亚诗人走进了汉语世界。

二〇〇九年夏天，在青藏高原，与时任《花城》主编的朱燕玲女士相遇。那又绝对是缘分的时刻。朱燕玲对东欧文学的兴致令我感动。最终，在她的策划和鼓动下，我开始主编“蓝色东欧”译丛。这是项困难重重却又极具意义的文学译介工程。“蓝色东欧”译介工程已走过十余年路程。时间结出了果实，至今，已有六十余本书呈现在读者面前。经由“蓝色东欧”，中国读者遇见了四十多位罗马尼亚诗人。

编辑之余，文学翻译和文学写作几乎占据了我的所有时光。这么多年，翻译了大量外国文学作品，其中大部分都是罗马尼亚诗歌。译诗的艰辛和欣悦，在翻译《罗马尼亚诗选》时，再一次深刻体悟。我曾在文章中如此描述：“翻译，就是最好的深入。每个字，每句话，每个细节，每个人物，每个故事，都站在你面前，挑衅着你，诱惑着你，纠缠着你，想甩也甩不开。你必须贴近，深入，熟悉它们，理解它们，喜欢它们，然后才能打动它们，让它们在你的语言中苏醒，复活，起身，并张开手臂。这是个痛苦的过程。起码于我而言。力不从心的痛苦。寻找对应的痛苦。难以转译的痛苦。感觉总在较劲。同文本较劲，同语言较劲，也同自己较劲。总恨自己的文学修养还不够深。总恨自己驾驭语言的能力还不够强……难以转换。甚至不可转换。语言与语言的搏斗。个人与语言的搏斗。无限与有限的搏斗。这近乎残酷。残酷得像自虐。”

但当自己的艰辛劳作获得种种回响时，那种欣慰和愉悦又超越言语。每每想到，多少中国读者通过我的《罗马尼亚当代抒情诗选》《安娜·布兰迪亚娜诗选》《水的空白：索雷斯库诗选》《深处的镜子：卢齐安·布拉加诗选》《斯特内斯库诗选》等译著走进罗马尼亚诗歌天地时，就觉得自己所有的付出都是值得的。

回首往昔，总会一次次地想起几十年间参加的各种文学交流活动。曾无数次陪同中国作家踏上罗马尼亚土地。也曾无数次在中国土地上迎接罗马尼亚作家的到来。文学交流，尤其是面对面的文学交流，总是贴心的，美好的，有着感人的温度和力度。北京，上海，杭州，郑州，昆明，长城脚下，大运河畔……布加勒斯特，雅西，克卢日，锡纳亚，锡比乌，康斯坦察，多瑙河畔，黑海之滨……那些激情洋溢的日日夜夜，那些美好得近乎忧伤的相遇，已刻在了我的记忆深处。文学交流中，我还惊喜地发现，由于相似的经历和背景，中国作家和罗马尼亚作家常常心有灵犀，特别容易互相成为理想读者。我也因此和众多罗马尼亚作家成了好友。这是文学带来的友情，我珍惜。

仔细想想，在几十年的岁月中，我似乎只做了三件事：文学翻译、文学写作和文学交流。在此过程中，“罗马尼亚”始终是个绕不开的关键词。选择文学，也就是选择了清贫和孤独。但在清贫和孤独中，我打开了一道道门、一扇扇窗户，让读者，也让我自己，领略了那么多异样的景致，走进了那么多美丽的世界，其中一个与我格外亲近的世界就叫：罗马尼亚！

在此意义上，要特别感谢懿翎老师的信任，感谢方叒女士的用心编辑，感谢作家出版社的支持，让我再一次有机会加深了同罗马尼亚的缘分。

深知诗歌翻译是件冒险而又遗憾的事情，呈交书稿时，实在是诚惶诚恐。书稿中错谬、疏忽和不足一定存在，敬请读者朋友们多多指正！倘若读者朋友们通过这部诗选，能多多少少感受到一个遥远国度的诗歌活力和魅力，那无疑是对我最大的鼓励和奖掖。

高　兴

二〇二四年一月二十六日定稿

总 跋

经过两年多时间的筹备与组织，"'一带一路'沿线国家经典诗歌文库"终于陆续付梓出版，此刻的心情复杂而忐忑，既有对即将拨云见日的满满期待，更有即将面见读者的惴惴不安。

该项目于二〇一五年下半年开始酝酿，其中亦有不少波折和犹疑。接触这个项目的所有人都无一例外地认为，这是应该做而且只有北大才能做的事情，也无一例外地深知它的难度。

"一带一路"跨度大、范围广，多语言、多民族、多宗教、多文明交融，具有鲜明的文化多样性特征。整个沿线共有六十余个国家，计有七十八种官方或通用语言，合并相同语言后仍有五十三种语言，分属九大语系。古丝绸之路尽管开始于政治军事，繁荣于商旅交通，但其更重要的意义在于促进了人类文明的交往。它连接了中国、印度、波斯和罗马等文明古国，跨越埃及文明、巴比伦文明、印度文明、中华文明的发祥地，是东西方文明交流互鉴的重要通道。

如何更好地展现"一带一路"沿线人民的文化特质和精神财富，诗歌无疑是最好的窗口。诗歌是文学王冠上的明珠，精敛文学之魂魄，而经典诗歌则凝聚着各个国家民族的文化精神和文化理想，深刻反映沿线国家独有的价值观和对世界的认识。长期以来，中国学界和出版界一直比较重视欧美发达国家诗歌的译介与研究，对发展中国家尤其是一些弱小国家的诗歌研究存在着严重忽略的现象。我们希望通过对"一带一路"沿线国家经典诗歌的研究，深刻地了解一个国家，理解它的人民，与之建立互信，促进国内学界对"一带一路"沿线国家文学、文化和文明的了解，弥补我国诗歌文化中的短板，并为中国诗歌走向世界提供思路和借鉴，从而带动与"一带一路"沿线国家的深层次交流，为中国的对外交往和"一带一路"倡议的实施提供人文支撑。

北京大学外国语学院组织国内外相关领域的专家学者，于二〇一六年一月，正式启动"'一带一路'沿线国家经典诗歌文库"项目。该项目以北京大学人文学科的优良传统和北大外语学科的深厚积淀为基础，以研究和阐释"一带一路"沿线国家厚重的历史、文化内涵为己任，充分发挥本学科在文学、文化研究领域的传统优势和引领作用，积极配合和支持国家的"一带一路"倡议，为中外优秀文化的研究、互鉴和传播做出本学科应有的贡献。

北京大学外国语学院牵头组织的"'一带一路'沿线国家经典诗歌文库"项目，旨在翻译、收集、整理和编辑"一带一路"沿线六十余个国家的诗歌经典作品，所选诗歌范围既包括经典的作家作品，也包括由作家整理的、具有广泛影响力的史诗、民间诗歌等；既包括用对象国官方语言创作的诗歌，也包括用各种民族语言创作、广泛传播的诗歌作品。每部诗集包括诗歌发展概况、诗歌译作、作者简介等三个部分。

在此基础上，形成由五十本编译诗集构成的"'一带一路'沿线国家经典诗歌文库"第一批成果，这将弥补中国外国文学界在外国诗歌翻译与研究方面的不足，特别是对部分"一带一路"沿线国家的经典诗歌开展填补空白式的翻译与原创性研究工作具有重大意义，同时对沿线诸多历史较短的新建国家的文学史书写将具有十分重要的价值。

该项目自启动以来，先后成立了编委会和秘书组，确定项目实施方案、编译专家遴选以及编选的诗歌经典目录，并被确定为北京大学一百二十周年校庆的重要出版项目之一，得到学校、校友及社会各界的大力支持，建立起以北京大学外国语学院为核心，汇集国内外相关领域知名专家学者、翻译家的翻译、编辑团队，形成了一个具有高度共识和研究能力的学术共同体。

在这个共同体中的每个人都是幸福的，与诗为伴，以理想会友，没有功利，只有情怀。没有人问过我们为什么要做，每个人只关心怎样可以做得更好。无论是一无所有之时还是期待拿到国家出版基金支持之日，我们的翻译团队从没有过犹豫和迟疑，仿佛有没有经费支持只是我一个人需要关心的事情，而他们是信任我的。面对他们，我没有退路，唯有比他们更加勇往直前。好在我一直是被上苍眷顾和佑护的人，只要不为一己之利，就总能无往不胜。序言中，赵振江教授说了很多感谢的话，都代表我的心声，在此不再重复。我想说的是，感谢你们所有人，让我此生此世遇见你们。如果可以，我还想在此感谢我的挚爱亲人，从没有机会把“谢谢”说出口，却是你们成就了今天的我。

希望通过我们台前幕后每一个人的努力，把“‘一带一路’沿线国家经典诗歌文库”项目打造成沿线国家共同参与的地域性的文化精品工程，使“文库”成为让古老文明在当代世界文化中重新焕发光彩、发挥积极作用的纽带和桥梁。

人也许渺小，但诗与精神永恒。

宁　琦

写于二〇一八年“文库”付梓前夜

北京

图书在版编目（CIP）数据

罗马尼亚诗选 / 高兴编译 . -- 北京：作家出版社，2024.11
（“一带一路”沿线国家经典诗歌文库 . 第一辑）
ISBN 978-7-5212-2771-0

Ⅰ. ①罗…　Ⅱ. ①高…　Ⅲ. ①诗集 – 罗马尼亚 – 现代
Ⅳ. ① I542.25

中国国家版本馆 CIP 数据核字（2024）第 067503 号

罗马尼亚诗选

主　　编：赵振江
副 主 编：蒋朗朗　宁　琦　张　陵　黄怒波
编 译 者：高　兴
选题策划：丹曾文化
特约编审：懿　翎
责任编辑：方　叒
装帧设计：曹全弘
出版发行：作家出版社有限公司
社　　址：北京农展馆南里 10 号　　**邮　　编：**100125
电话传真：86-10-65067186（发行中心）
86-10-65004079（总编室）
E-mail:zuojia @ zuojia.net.cn
http://www.zuojiachubanshe.com
印　　刷：北京尚唐印刷包装有限公司
成品尺寸：160 × 240
字　　数：773 千
印　　张：34.5
版　　次：2024 年 11 月第 1 版
印　　次：2024 年 11 月第 1 次印刷
ISBN 978-7-5212-2771-0
定　　价：138.00 元